Atimé
Dogon de la falaise

Bernard Suertegaray

Atimé
Dogon de la falaise
Roman

Le LYS BLEU
ÉDITIONS

© Lys Bleu Éditions – Bernard Suertegaray
ISBN : 979-10-377-5831-6

Le code de la propriété intellectuelle n'autorisant aux termes des paragraphes 2 et 3 de l'article L.122-5, d'une part, que les copies ou reproductions strictement réservées à l'usage privé du copiste et non destinées à une utilisation collective et, d'autre part, sous réserve du nom de l'auteur et de la source, que les analyses et les courtes citations justifiées par le caractère critique, polémique, pédagogique, scientifique ou d'information, toute représentation ou reproduction intégrale ou partielle, faite sans le consentement de l'auteur ou de ses ayants droit ou ayants cause, est illicite (article L.122-4). Cette représentation ou reproduction, par quelque procédé que ce soit, constituerait donc une contrefaçon sanctionnée par les articles L.335-2 et suivants du Code de la propriété intellectuelle.

Remerciements

Vigie scrutant l'insondable plaine du Séno, enracinée sur l'énigmatique falaise de Bandiagara, Bongo est au cœur du pays *dogon* depuis des temps immémoriaux.

Forgé traditionnellement par l'âme des ancêtres de sa lignée, Atimé est confiant dans la solidité et la résilience de sa culture. Devenu chef d'une famille finalement novatrice et lumineuse, il n'a de cesse de s'efforcer de convaincre ses proches que l'extérieur de leur monde est potentiellement source d'enrichissement culturel et de survie identitaire. Un atout face à l'âpreté des conflits environnants qui déchirent le Sahel multiethnique.

Les personnages de ce roman ont été totalement imaginés. Mais les lieux sont authentiques et les faits au plus près de la réalité. Le récit s'inspire alors de la vie quotidienne que des Dogons éclairés ont bien voulu nous faire partager, en toute confiance. Qu'ils en soient profondément remerciés…

Sur la falaise, Bongo s'éveille…

Comme à son habitude, levé bien avant que les coqs ne chantent, Atimé a rejoint, d'une allure lente, mesurée, toujours les mêmes pas conduisant sur les mêmes pierres, les rochers qui dominent, à l'arrière, l'espace réservé aux tables de divination, à l'avant, le couloir naturel qui s'étire le long du village de Bongo. Il y vient fréquemment s'asseoir, occuper sa place favorite pour méditer, se ressourcer, retrouver la sérénité. Comme un besoin absolu, indéfinissable, de se détacher des charges d'un quotidien trop régulé, pour laisser place à sa réflexion intime. Ces rochers, témoins éternels, peuvent toujours, pense-t-il, lui confier quelques secrets passés, quelques traditions oubliées qui font défaut à sa connaissance, à son expérience. C'est comme s'il y captait, physiquement, moralement, les ressources nécessaires à sa réflexion et à son dynamisme pour la journée naissante. Sur ce plateau rocheux, tourmenté, les chemins du quotidien escaladent, surplombent ou dévalent pour, tantôt s'esquiver au beau milieu d'un champ de mil, tantôt plonger pour se fondre dans un marigot. Chacun sait que, sur ce rocher familier, le temps ne compte plus. La méditation conduit le voyage pour parcourir un univers parsemé de symboles, de totems, de fétiches et autres autels sacrificiels.

La présence constante de l'âme des ancêtres y accompagne la recherche de la sagesse, de la sérénité.

À quarante ans, Atimé a, pense-t-il, déjà cheminé, longuement, lentement, pendant la première moitié de sa vie, telle qu'elle lui a été dictée, réglée, par ceux des anciens de sa lignée qui avaient tout à la fois la connaissance et l'expérience, donc, l'autorité. Il a pleinement conscience, avec femmes et enfants, du poids grandissant de ses responsabilités. Homme de réflexion, de plus en plus reconnu par les siens, pour espérer entrer progressivement dans le groupe restreint des initiés, il n'est toutefois pas encore un sage.

En quelques lunes, la vie d'Atimé vient de basculer. La voix de son vieux père, Atanou, s'est tue, définitivement, pour lui et ceux de sa lignée, comme pour Bongo et les villages alentour où, faute de griot, Atanou était admiré, et reconnu comme l'animateur indispensable des fêtes rituelles. Sa personnalité, son autorité et son charisme l'avaient imposé, depuis longtemps, comme le médiateur consulté et respecté par tous. Entouré de sa famille, tout a été fait pour accompagner ses derniers instants, et ses amis les plus proches ont transporté sa dépouille après les soins qui lui étaient dus. Son corps est maintenant à sa place, dans la falaise, près des siens, pour l'éternité. En attendant le prochain *dama*, la fête de levée de deuil, comme pour tous les *impurs*, son âme reste présente dans le village, rôde à hauteur d'homme et reste attentive à l'attitude des siens qui poursuivent le chemin de la vie.

Pour Atimé, la force de la tradition, l'exemple des anciens, l'expérience de sa vie jusqu'au moment présent, tout cela lui a progressivement livré, inculqué, la pensée et la connaissance nécessaires au chef de famille qu'il vient de devenir. Vont ainsi l'accompagner intimement le souvenir intense qu'il conserve d'Amakana, son grand-père, parti depuis plus de vingt ans, et la présence encore proche de son père Atanou qui vient de s'en aller...

Atimé se sent prêt à assumer la nouvelle charge qui lui incombe. Ses ancêtres défunts seront présents à ses côtés. Ils l'ont suffisamment informé, préparé, pas à pas. Atimé sait pouvoir puiser, dans la vie intense de ceux qui l'ont précédé, la clé pour chacun des aléas que les siens auront à affronter.

Dorénavant responsable de la *ginna*, la maison de la grande famille, où se succèdent depuis toujours, les aînés d'une même lignée, Atimé ne doute pas que, à ses côtés, sa famille ne faillira pas. Sa mère, Yatigué, comme Yati et Yamaga, les deux premières épouses de son père Atanou, seront encore longtemps, pour peu que les génies les protègent, les *yanapey,* les grands-mères, tout aussi bienveillantes qu'indispensables à l'éducation de ses enfants. Rien, jusque-là, n'a troublé l'entente, voire la complicité, qui unit ses deux épouses, Yapérou et Yassagou. Atimé y voit là, avec la plus grande quiétude, le ferment indispensable à la bonne marche de sa famille, pour le bien de tous et, en particulier, de ses cinq enfants qu'il prépare à une vie meilleure. Guider les siens est donc sa première charge.

Homme de devoir, Atimé n'en est pas moins homme de conviction toujours attentif et ouvert sur le monde tel qu'il l'entrevoit, tel qu'il le sent évoluer. Il est intimement convaincu que pour subsister, il appartient aux Dogons de veiller à faire respecter leur culture avant de l'enrichir harmonieusement. C'est un défi à relever dans lequel il entend bien continuer de prendre sa part pendant la deuxième moitié de sa vie...

Annoncé de loin en loin par le chant répété des coqs et le rythme sourd des pilons qui résonnent déjà comme des tambours, le jour commence à poindre, à l'infini, là-bas où, chaque soir, la plaine, accourue du pied de la falaise, rejoint le ciel et s'estompe avec lui.

Les premières lueurs de l'aube dévoilent alors l'atmosphère intensément sauvage, intacte depuis des générations, de ce plateau rocheux. Cet environnement immuable, donc rassurant, mi-décor lunaire, mi-magma originel, est chaque année, depuis la nuit des temps, raviné et érodé par les pluies de l'hivernage, avant d'être figé, pétrifié, sous le soleil brûlant, et régulièrement lustré par le vent abrasif venu du Sahara.

Sortant de sa méditation, Atimé pense qu'il est temps de rejoindre la *ginna* familiale où chacun doit poursuivre la vie sans Atanou. Le ciel est déjà gris, voilé, et l'odeur ténue de la poussière portée par l'harmattan annonce une de ces journées ternes où la lumière se noie dans un décor figé et sans âme.

Déjà, le village vibre et bourdonne comme une termitière. Les coursives s'animent des salutations rituelles, répétées comme en écho, chacun confirmant que tout va bien dans la famille, que l'entente règne entre tous, au début d'une journée que beaucoup ont déjà commencée. Après avoir salué respectueusement le forgeron que son père tenait en grande estime, puis deux ou trois amis qui partent déjà aux champs, le *daba* sur l'épaule, Atimé arrive dans sa *ginna*. Toutes et tous s'y activent de leur mieux, encore éprouvés par la succession des journées de condoléances et l'intensité de la fête rituelle des funérailles. Tout en continuant de s'affairer, chacun revit intimement, sans le laisser paraître, ces moments intensément rudes…

Depuis toujours, dans une famille touchée par le deuil d'un ancien, chacun doit intégrer dans son comportement quotidien la nécessaire évolution de son rôle pour maintenir continuité et cohésion collectives. Il en va de même dans la vie du village qui vient de perdre l'un des siens parmi les plus marquants de la vie communautaire…

Seul, au plus profond de lui-même, Atimé est et restera dépositaire, pour tous, des derniers instants de la vie de celui qui a guidé ses pas, tout en veillant à l'harmonie de la famille…

La mort du père

Depuis toujours, le marché d'Ibi était, pour Atanou, un repère temporel, tous les cinq jours, chaque fin de semaine *dogon*. Il avait pris cette habitude, très tôt, avec son père Amakana. C'était d'ailleurs le seul marché où il se rendait régulièrement.

Point n'était besoin de partir tôt, deux heures de marche suffisaient. Ce jour-là, comme chaque fois, à cette heure où les cris des enfants se multiplient, la traversée de Gogoli était une succession de salutations rituelles où chacun s'assure que tout va bien chez l'autre, comme pour se conforter. Assuré par son *dégé bàga*, son bâton de marche sculpté, son pas était lent, sûr, régulier. Dans la descente vers Banani, la succession des marches bâties, pierre après pierre, par les premiers Dogons, traduisait déjà une certaine effervescence dirigée vers le pied de la falaise. Au village, une première halte permettait de rendre visite à un ami commerçant et de se rafraîchir de quelques godets d'eau puisés dans le canari familial installé à l'entrée de la *ginna*. Au-dessus, sous Bongo, la falaise était parfaitement éclairée par le soleil qui prenait progressivement de la vigueur. La roche était dorée, adoucie par la lumière pure du moment. À mi-hauteur, les habitations troglodytes s'étiraient comme une guirlande à la mémoire des Tellems et rappelaient que ce peuple avait, jadis, précédé les Dogons au cœur de cette falaise dite de Bandiagara.

Ce décor immuable, donc familier, apportait toujours à Atanou la même impression de sérénité.

Ensuite, la piste sablonneuse longe la falaise et passe sous Neni, avant que n'apparaisse, progressivement, Ibi, fondu dans son décor naturel comme par mimétisme. Les charrettes s'y succédaient, tirées, selon l'importance du chargement et des passagers, par un âne ou un zébu. De part et d'autre de la piste, apparaissaient, çà et là, puis de plus en plus nombreux, comme sortis de nulle part entre les champs de mil, plusieurs groupes de femmes marchant d'un pas alerte et vif, leurs bassines rivées sur la tête, remplies des quelques produits qu'elles espéraient troquer ou vendre. Bavardant avec entrain, toujours très bien alignées, elles savaient parfaitement que les piétons ne sont jamais prioritaires sur une piste.

Atanou était bientôt arrivé. Au-dessus des *balanzans* et des baobabs plusieurs fois centenaires, agrippé aux éboulis dans un décor apparemment chaotique mais domestiqué depuis des siècles, Ibi s'étageait jusqu'aux premiers rochers de la falaise.

Atanou avait toujours éprouvé un attachement particulier pour ce village, parmi les plus anciens, dans la plus pure tradition *dogon*. Appuyées sur les blocs rocheux, les concessions dispersaient harmonieusement maisons en quinconces et greniers élégamment chapeautés de *kerugoy*, de paille d'andropogon, la « paille à balai ». Au-dessus, la falaise, majestueuse, s'avance en un promontoire aux anfractuosités particulières où beaucoup, en venant du plus loin de la plaine, y reconnaissent la tête d'un chat sauvage ou de quelque autre félin.

Le marché, réparti sur plusieurs places, a toujours fait partie intégrante de la vie du village. L'animation, continue jusqu'à la fin de journée, en traduit la vitalité. Atanou s'y sentait chez lui.

Il n'y avait que des amis, venus, comme lui, en quête d'échanges humains et fraternels qui lui apportaient des nouvelles de Koundou, Yendouma, Youga ou Bamba. Même les Peuls de Bombou appréciaient en lui l'homme tolérant, chaleureux mais pondéré, et le sage avisé et ouvert à tous. Atanou avait toujours puisé dans cette ambiance confiante et d'ouverture aux autres, la force et la sérénité de faire face à son quotidien.

Ce jour-là, malgré ce bien être habituel, Atanou avait éprouvé plusieurs fois le besoin de s'asseoir longuement. Ses jambes étaient lourdes et sa respiration, par instant, laborieuse. Ces difficultés qu'il avait déjà connues à plusieurs reprises, sans y accorder beaucoup d'importance, se faisaient, cette fois, plus pressantes. Bien à regret, mais par précaution, il préféra alors ne pas attendre la fin du jour pour se mettre en chemin.

La piste jusqu'à Banani lui parut vite interminable. S'aidant, de plus en plus, de son *dege baga*, son bâton de marche, Atanou avait dû s'asseoir plusieurs fois, ici, sur la souche abandonnée d'un vieux tamarinier, là, sur un rocher tombé au pied des éboulis de la falaise. Son souffle était de plus en plus court, ses jambes tremblantes, sa démarche hésitante. Une sueur inhabituelle le faisait frissonner. Après chaque halte, regroupant ses forces, il s'était remis en chemin car la nuit tomberait rapidement.

Toboggan que les siècles ont installé dans une faille de la falaise, les mille marches montant de Banani avaient très vite pris l'allure d'un atroce supplice. Le regard fixe scrutait, sous ses pieds, les blocs de pierre, pour assurer ses pas. À chaque halte, ses yeux embués, tournés vers le haut avec une lassitude inhabituelle, cherchaient en vain, tout au bout de la montée, les premiers rochers de Gogoli… Dans son regard voilé, percevait-il, à cet instant, quelque inquiétude face à ce mal et ces difficultés qu'il n'avait, jusque-là, jamais connus ?... Malgré l'obscurité grandissante, sa main, lourde, lasse, s'appuyait en tremblant sur les rochers qui soutiennent les marches et s'étirent en fuyant jusqu'au sommet de la falaise. Sa poitrine était tenaillée par une douleur inconnue, tantôt sourde et mal définie, tantôt brûlante, mordante et insupportable.

À l'approche des premières maisons de Gogoli que la nuit venait d'envelopper, pour n'inquiéter aucun villageois et ne rien montrer de ses difficultés, Atanou, les épaules adossées à la roche, reprit quelques forces et ralentit le rythme heurté de sa respiration. La traversée du village fut ponctuée par de nombreuses salutations habituelles auxquelles il avait le plus grand mal à répondre.

Il entra enfin dans Bongo, puis dans la *ginna*, la grande maison. À bout de forces, incapable d'expliquer clairement ce qu'il ressentait autrement que par des gestes maladroits, Atanou s'étendit sur sa natte, bien calé sur le côté droit, les genoux instinctivement relevés pour atténuer cette douleur qui lui creusait la poitrine et retenait son souffle. Le corps chaud, immobile, silencieux, rassuré d'être enfin parmi les siens, il espérait retrouver le calme.

Chacun comprit aussitôt que la santé d'Atanou pouvait basculer rapidement. Sans plus attendre, Yati, sa première épouse, prépara une décoction avec diverses plantes dont les vertus sédatives lui avaient été transmises par les vieux de sa famille. Elle le fit boire longuement, *dege dege*, petit à petit. Son corps était si chaud que la sueur mouillait encore son vêtement. Pour lui redonner quelques forces, parce qu'il n'avait, peut-être, encore rien mangé de la journée, Yati lui prépara, sans bouillir, une crème de mil où la farine et l'eau sont agrémentées de jus de tamarin et de miel.

Discrètement, Atimé était déjà parti chez le *jojoñuné*, le vieux guérisseur, sur qui l'âge ne semble toujours pas avoir de prise, et dont les enseignements salutaires, reçus de plusieurs générations, sont reconnus et toujours respectés. Lui seul pouvait connaître la maladie concernée et les soins adaptés qui lui ont été enseignés dans sa famille, de génération en génération, et qu'il avait pu comparer avec d'autres thérapeutes traditionnels. Ses connaissances, son expérience, lui permettent toujours de préparer lui-même les médications à prescrire, à partir de feuilles, tiges, racines, terres, insectes, qu'il récolte dans la nature qui l'environne et qu'il sait conditionner, sous forme d'huile, de poudre, de macération…

Le *jojoñuné* ne tarda pas à venir retrouver Atanou pour lui apporter son réconfort et sa médecine, en implorant Amma, le Dieu suprême, de soutenir son ami en grande difficulté. Il salua chacun longuement, s'approcha du malade, s'assit et déposa, près de lui, son inséparable besace de cuir noirci par l'usage et le vieillissement qui lui a été transmise par ses ancêtres. Après avoir longuement examiné Atanou, il se concentra, en silence, la tête appuyée sur ses deux mains ouvertes. Convaincu de la gravité du mal, il ouvrit sa besace et passa en revue ses flacons, boîtes et poches dont l'étiquetage lui a toujours paru inutile. Finalement, il choisit une poudre fine et légère à base de plantes et de peau d'un gibier de brousse, l'*Edegiye sié*, en déposa, soigneusement, quelques pincées dans les narines d'Atanou puis en appliqua, en croix, sur le dessus du crâne. Il était urgent, en effet, que son malade éternue vivement, plusieurs fois, pour chasser le mal de son corps. Ensuite, le reste de la poudre permettrait de préparer, selon ses instructions précises, une infusion à boire abondamment pendant quelques jours.

La complexité de la situation n'avait pas échappé au guérisseur. Nul doute que le corps d'Atanou, jusque-là si vif, si dynamique, était en grande difficulté. Persistante et sournoise, la douleur à la poitrine ne laissait présager rien de bon. La nuit était déjà fort avancée. Il fallait agir rapidement, énergiquement. Simplement, la fin de la nuit donnerait le temps de la réflexion pendant qu'Atanou, déjà assoupi par tant de faiblesse, retrouverait quelques forces...

Le jour commençait à poindre lorsque le guérisseur revint s'asseoir auprès d'Atanou dont le corps chaud était amoindri par une respiration douloureuse et hésitante, entrecoupée de quintes d'une toux sèche qui lui brûlait la gorge. Comme à chaque fois, le *jojoñune* examina soigneusement l'état de fatigue, les battements du cœur, la texture de la peau, le regard et la profondeur de l'œil d'Atanou. Il questionna, autour de lui, la proche famille et porta une attention soutenue aux réponses et observations de chacun. Puis, silencieux et immobile, il s'accorda un court moment de silence et de réflexion. Enfin, il préleva dans sa besace une médication poudreuse et sombre et demanda à Yati de la laisser infuser délicatement dans une eau bouillie longuement. Il lui confia alors que, pour un « cœur gâté » son grand-père utilisait déjà cette préparation complexe qui nécessitait plusieurs séjours en brousse pour effectuer divers prélèvements précis dans une termitière, récolter des racines et des écorces d'arbustes de plus en plus difficiles à trouver. Le tout était, ensuite, trié, séché au soleil, puis mis en poudre et conservé précieusement à l'abri de l'humidité et de la poussière. Cette prescription lui paraissait particulièrement indiquée pour aider Atanou à se relever. Avant de partir, serrant fermement l'avant-bras d'Atanou en signe de réconfort, le guérisseur n'oublia pas de rappeler à Yati, son épouse, qu'elle devait lui faire boire, très régulièrement, la nuit comme le jour, trois verres à thé de cette préparation.

Atimé n'avait pas trouvé le sommeil. Rongé par l'inquiétude, il avait tenu, dès le premier chant des coqs, à rendre visite à Ogodana, l'*ambéré*, le chef de village, ami fidèle de la famille, pour lui confier sa préoccupation. Assis sur une natte où il avait convié Atimé à le rejoindre, Ogodana resta un long moment silencieux, les traits figés, comme pour dominer son émotion. Puis, avec la plus grande sérénité, il posa sa main sur l'épaule droite d'Atimé et lui dit :

— Atanou est mon vieil ami depuis toujours. J'ai souvent puisé dans sa sagesse, son expérience et ses connaissances pour trouver des solutions judicieuses aux problèmes communautaires les plus délicats. C'est un homme respecté, courageux et dévoué pour tous. C'est un homme de devoir, un homme fort et droit, résistant aux épreuves de la vie.

— Mais, intervint Atimé, impatient, que puis-je faire pour l'aider à surmonter son mal, à déjouer la maladie ?

— Tu es jeune, tu l'as toujours respecté et soutenu. Tu lui fais donner les soins dont son corps a besoin. Remets en toi, maintenant, à Amma, notre dieu Amma, pour qu'il redonne des forces à Atanou et qu'il nous ramène la sérénité à tous. Que les génies assistent ta famille et te soutiennent auprès d'elle…

Suivant les conseils d'Ogodana, Atimé revint quelques instants à la maison de la grande famille, auprès de son père, toujours alité, toujours souffrant. Puis, emportant une énorme calebasse de mil et le poulet le plus fier, Atimé se rendit aussitôt sur la place du village où, dans la partie la plus haute, un espace sacré est délimité par quelques pierres alignées, posées à même le sol. Là, trois *mono*, trois autels sacrificiels des jeunes hommes, sont érigés pour, notamment, protéger le village des ennemis et des maladies graves. Après s'y être recueilli longuement, il se rendit, quelques maisons plus loin, chez un berger, sacrificateur reconnu et respecté des villageois. Les salutations habituelles terminées, Atimé lui confia les raisons de son désarroi, lui remit grains de mil et poulet et le remercia d'effectuer sur les fétiches, avant la fin du jour, des offrandes de sang de poulet, puis de bouillie de mil.

Alors, un instant apaisé, Atimé revint auprès des siens, leur fit part de ses démarches et leur communiqua quelques raisons d'espérer. Mais, bien avant le coucher du soleil, Atimé était allé retrouver le divinateur, que chacun appelle « le renard » compte tenu de l'origine, lors de la création du monde. Parfaitement immobile, enveloppé dans sa tunique de basin à motifs jaune clair, il était à son poste, à l'écart de la piste qui mène à Sangha, assis près de sa table de divination, plane d'un sable bien lissé, délimitée par une bordure de cailloux trouvés à proximité. Déjà, pour quelques questions posées, il avait savamment mis en place, après plusieurs cônes de sable, quelques bâtonnets, pailles et galets sélectionnés et disposés selon les règles particulières à cette activité traditionnelle.

À son tour, Atimé s'approcha à quelques pas, pour marquer son respect, avant d'échanger les salutations rituelles. Il informa le divinateur de la situation et posa sa question, selon une formulation traditionnelle :

— Le grand frère va-t-il guérir ?

Alors, le divinateur, après une réflexion intense et prolongée, avait traduit cette interrogation sur le sable, avec des gestes volontairement ralentis pour plus de précision. Puis, la fin du jour s'annonçant, il répartit méticuleusement, grain par grain, une poignée d'arachides sur l'ensemble de la table. Pendant la nuit, *Yurugu*, le renard pâle, en y dégustant cette offrande, apporterait ainsi, par l'emplacement et le sens de ses empreintes, les réponses que seuls les vieux sages savent interpréter.

La nuit parut spécialement longue à Atimé qui, dès que le jour commençait à poindre, partit s'enquérir des indications qu'avaient pu fournir le *Yurugu*, le renard, pendant la nuit. Il attendit en silence, à une vingtaine de pas de la table. Le divinateur était là, concentré, absorbé par les différentes réponses, les empreintes touchant les éléments des questions posées. Sa concentration pour un examen méticuleux de toute la table traduisait la difficulté de l'interprétation qui devait être longuement mûrie. Lorsqu'il fit signe à Atimé de s'approcher, ses traits exprimaient, à nouveau, la sagesse et la sérénité. Après l'échange des salutations habituelles et quelques considérations relatives à la fragilité de l'homme, il eut à annoncer à Atimé ce qu'il avait pu lire sur la table :

— Le grand frère ne va pas guérir. Il n'est plus dans la vie…

Atimé avait alors la confirmation de ce qu'il pressentait depuis plusieurs jours. Il ne lui restait plus qu'à retrouver la famille et à assurer pleinement son rôle de fils aîné. D'instinct, il se souvenait. Il avait dix-sept ans lorsque son grand-père était décédé et il n'avait rien oublié du regain d'importance qu'avait pris, ce jour-là, instantanément, son père Atanou. Atimé se sentait moralement armé pour veiller à ce que sa famille franchisse cette épreuve avec dignité et sérénité. Et il savait aussi parfaitement comment respecter les rituels qui allaient suivre la mort de son père.

Trois jours durant, Yati, Yamaga et Yatigue, ses épouses, se relayèrent auprès d'Atanou pour lui rafraîchir le corps de plus en plus chaud, lui administrer les médications, rehausser périodiquement, sur un pagne roulé, sa tête de plus en plus lourde. Dans la cour de la *ginna*, les femmes et les filles s'affairaient aux tâches quotidiennes, les unes pilant le mil indispensable au *tô* habituel, les autres multipliant les allers-retours au puits du village, leurs énormes bassines d'eau sur la tête, le corps élancé, droit et parfaitement équilibré. Comme chaque jour… Les enfants avaient rejoint les autres garçons du village, s'amusant avec rien à des jeux souvent improvisés. Comme chaque jour…

Atanou, silencieux, accablé de fatigue, pensait apercevoir le bout du tunnel. Régulièrement, cette douleur sourde et oppressante se faisait vive et plus fréquente, comme un nouvel avertissement. Comme si sa conscience et sa perception des choses commençaient à prendre du recul, comme si son esprit et son corps épuisés incapables de lutter se dédoublaient, il attendait, calme, attentif, immobile, presque serein, la prochaine alerte, la prochaine étape vers une issue qu'il savait fatale. Ainsi, son esprit intact et clair allait-il devoir laisser son grand corps usé sur le bord du chemin !

Atimé, soucieux, inquiet mais responsable, faisait de son mieux. Tantôt aux côtés d'Atanou pour lui apporter quelques signes de respect, d'affection et de réconfort, tantôt à l'entrée de la *ginna* pour renseigner les villageois qui se présentaient : confidences avec les plus proches, propos rassurants avec les autres… Au plus profond de lui-même, recueilli, Atimé méditait, implorait, espérait malgré tout…

Au crépuscule du troisième jour, Atimé, comme un rituel, veillait, en tête à tête avec lui, au repos d'Atanou, échangeant avec son père, brièvement, intimement, quelques mots où alternaient le réconfort, la souffrance, l'espoir et la fatalité. Puis, en quelques instants, tout bascula très vite. Les joues creusées par la fatigue, Atanou s'agita, se recroquevilla en grimaçant, le souffle court heurté par une toux de plus en plus brûlante. Avant qu'Atimé ait pu se manifester, Atanou, comme dans un sursaut, releva nerveusement la tête, bouche ouverte, les yeux exorbités... Sans une plainte, il retomba aussitôt, inanimé, sans vie. Le mal n'avait pas pu quitter son corps, les médications n'avaient pu qu'atténuer ses souffrances. Son cœur avait fini de battre. À tout jamais...

Le choc était rude pour la grande famille, mais chacun saurait assumer pleinement son rôle. Le chef et les vieux du village informés, la nouvelle allait vite parvenir aux parents proches dans les villages voisins, chacun étant chargé de répercuter l'évènement. Sans attendre les premières visites, l'oncle Abora s'était mis à laver soigneusement le corps de son frère avec l'eau et l'huile de karité que les femmes lui avaient apportées, pour que la peau reste douce et souple. Et, comme le veut la tradition, il lui rasa le crâne avec le plus grand soin. Le corps était ainsi prêt pour être, aussitôt, soigneusement enveloppé avec les bandes de coton blanc qu'Atimé s'était procuré chez le tisserand du village. La préparation du corps était à peine terminée que, bien avant les premières lueurs du jour, les parents proches venaient déjà rendre une dernière visite à Atanou et présenter leurs condoléances. Pour soutenir la famille, chacun ne manquait pas de rappeler la vie du défunt, ses qualités, ses mérites, sa sagesse.

Le lendemain, le corps devait être porté au tombeau. Attaché aux trois barres qui composent le *talagam*, le brancard funéraire, il fut enveloppé de la couverture des morts, à damier noir et blanc, que conserve chaque famille. Un Dogon étant avant tout cultivateur, les hommes avaient cassé, symboliquement, le manche de son *daba*, le sarcloir *dogon*, pour le déposer, dans le tombeau, à côté du corps. La partie métallique étant conservée, elle continuerait de servir aux hommes de la famille. Dans le même esprit, en signe de deuil, Yati, sa première épouse, avait cassé la calebasse dans laquelle les repas étaient servis au défunt.

Dès lors, sa place autour du plat de *tô* familial allait rester vide, son absence physique rappelant que son âme, son esprit allaient rester présents dans la *ginna*, au moins jusqu'au *dama*.

Il était alors temps pour le corps d'Atanou de quitter définitivement les siens, suivi par la famille et les proches qui avaient du mal à se frayer un chemin au travers de toute la population venue exprimer son soutien jusqu'à la falaise, une voix lancinante et monocorde alternant les louanges et les supplications. Pour sa sépulture traditionnelle, Atanou allait reposer près de ses ancêtres, à même la roche, dans une des anfractuosités de la falaise, difficilement accessible, près des habitations *tellem* transformées ainsi en ossuaires. Les hommes les plus aguerris, suspendus à flanc de falaise par des cordes en fibres de baobab, avaient, lentement, méticuleusement, hissé et installé, respectueusement, Atanou près d'Amakana et des autres ancêtres de sa lignée.

Alors, les mâchoires nouées, les poings serrés, mais le buste droit, dignement, Atimé avait viscéralement senti une énorme déchirure. Cet homme à qui il devait tout, depuis sa plus tendre enfance, ce guide généreux qui avait fait de lui un homme mûr et responsable, quittait définitivement le monde des vivants. Mais, la gorge étreinte par l'émotion, la poitrine oppressée, Atimé avait compris à cet instant que le souvenir et l'esprit du vieil Atanou l'accompagneraient jusqu'à son dernier souffle, le soutiendraient dans les épreuves les plus difficiles qui jalonnent la vie. Une certitude l'habitait depuis ce moment-là : son courage, sa volonté, sa sérénité, en seraient renforcés, décuplés, pour lui permettre d'être bientôt un chef de famille accompli, un exemple reconnu par tous, afin de devenir, plus tard, un sage dans la lignée du vieil Atanou.

Comme toujours, pendant les cinq jours de la semaine *dogon* qui suivent la sépulture, Atimé et sa famille étaient restés à la *ginna* pour recevoir les condoléances des parents et amis, certains étant venus de fort loin. Il fallait aussi préparer la fête rituelle des funérailles destinée à chasser l'âme du défunt de la *ginna*, de la famille, *dàma* dont la date est fixée en accord avec le plus ancien du village et communiquée largement à tous les parents de la famille et aux villages des alentours. Les femmes d'Atanou s'occupaient activement de regrouper tout le mil nécessaire pour fêter le défunt, pour célébrer ses funérailles rituelles et, finalement, préparer la bière de mil qui allait être bue à cette occasion.

Yatigué, la troisième épouse, ayant appris à préparer le *koñio* dans sa famille, avec sa grande sœur, était une des plus expertes reconnues à Bongo, même si plusieurs familles tenaient à en avoir régulièrement. En effet, toutes ces *dolotières* occasionnelles pour gagner quelques « jetons », pouvaient accueillir les hommes de retour des champs désireux d'échanger les nouvelles ou de refaire le monde. Les plus tardifs terminaient des discussions parfois fort animées, pendant que les plus jeunes tapaient le *gomboy*, le tambour d'aisselle, entraînant toujours quelques danseurs émoustillés et bruyants.

Compte tenu des circonstances, Yatigué allait appeler à l'aide toutes celles qui pouvaient lui apporter le surcroît de boisson dont elle avait besoin. Tout dépendait de l'avancement de chacune dans le processus de cette longue préparation. Depuis toujours, trois jours sont nécessaires pour faire tremper les graines de mil, les faire germer et sécher au soleil. Le tout, écrasé à la main sur une meule de pierre pour obtenir une farine finement granuleuse, est ensuite, par grande calebasse, versé dans une barrique d'eau remuée longuement et mis à bouillir pendant six ou sept heures, avant d'être filtré et refroidi pendant une nuit. Le lendemain, la préparation est encore bouillie longuement puis refroidie une nouvelle fois. C'est ensuite que la levure séchée de la bière précédente est ajoutée pour agir pendant trois ou quatre heures et obtenir, alors, la bière prête à boire.

C'est ainsi que, allant de l'une à l'autre, Yatigué avait pu compléter sa propre fabrication avec celle, disponible, que pouvaient lui avancer ses amies, le tout étant regroupé, au fur et à mesure, dans la *ginna* où les gens allaient progressivement affluer.

Finalement, comme toujours, la fête avait duré trois jours pendant lesquels parents, amis, villageois, avaient pu présenter ou renouveler leurs condoléances. Pendant ces trois jours, les hommes tiraient au fusil, les femmes pleuraient sans retenue. Chacun louait les qualités, le travail et le courage d'Atanou. Chacun consommait du *koñio*, la bière de mil servie avec dévotion. Progressivement, dans cette ambiance propice à se rapprocher des esprits, l'âme du défunt avait pu quitter la maison de famille, sa *ginna*, pour errer librement, de jour comme de nuit, par les coursives du village, à hauteur de la vie, en compagnie des autres morts pour lesquels la fête du *dama* n'a pas encore été célébrée.

À la fin du 3e jour, juste avant que le soleil ne se couche, les danseurs de masques avaient fait une brève apparition pour marquer la fin des funérailles. Comme après chaque intervention, les masques et parures avaient été rangés, par les danseurs, dans la grotte où seuls les danseurs, membres de l'*Awa*, la société des masques, peuvent entrer. Toute autre personne y est interdite. Dans la soirée, chacun avait rejoint sa *ginna*, son village…

Amakana, le sage

Pour autant qu'il se souvienne de son grand-père, Atimé l'avait toujours connu vieux, marqué par l'âge et le travail. Mais, il avait rapidement appris de tous qu'Amakana était un Dogon noble, courageux et honnête, une référence dans le village où il inspirait le respect. Son avis lui était souvent demandé et son autorité naturelle, empreinte d'une sagesse immense qui se lisait sur son visage comme dans son regard, réglait bien des problèmes.... Sa sincérité inspirait confiance à tous, en toutes circonstances tant pour les affaires personnelles que pour les problèmes communautaires.

Nul ne pouvait oublier Amakana, assis, les deux mains appuyées sur son *dege baga,* adossé à l'*oro banù*, le baobab aux reflets roses, repère villageois absolu, à l'entrée de Bongo. Comme les plus vieux s'en souviennent, il n'oubliait jamais de rappeler à tous, quelles que soient les circonstances :

— La solidité du baobab, la vitalité de ses branches et la qualité de ses fruits ne seraient rien sans la vigueur et le développement de ses racines, pendant les générations qui nous ont précédés. L'*oro banù* est le témoin ancestral de la vie du village. Il a assisté à toutes les manifestations rituelles... Il a partagé les confidences et les secrets les plus intimes de nos ancêtres. À son pied, les querelles les plus violentes y ont nécessairement abouti à un retour à l'indispensable relation assainie que les Dogons cultivent depuis toujours... Sa proximité ne peut que nous en être bénéfique. Imprégnons-nous de sa mémoire protectrice...

Comme sa sœur et ses trois frères, Atimé éprouvait intimement pour son grand-père des sentiments mêlés d'admiration, de respect et d'affection. Amakana était toujours attentif à l'éducation de ses petits-enfants, comme il en avait le devoir, toujours disponible pour les rassurer et les encourager. Il avait le don de toujours transformer son inusable indulgence en force de persuasion. Ses contes et ses devinettes, indispensables à leur éducation captivaient et accompagnaient les quatre garçons. Atimé se rappelle avec émotion de soirées d'enchantement, entouré d'Amouyon, Adiouro et Amono, tous blottis sous une cotonnade usagée, aux couleurs délavées, qu'ils s'étaient appropriés depuis qu'elle ne servait plus de vêtement. Là, même si la lune était parfois un peu voilée par la poussière et l'harmattan, rien ne pouvait les distraire, attentifs qu'ils étaient, les yeux levés, aux paroles d'Amakana, à ses mimiques, ses gestes mesurés, ses silences calculés....

Ainsi, à chaque âge, en commençant par la plus tendre enfance, la connaissance doit être transmise par les vieux, progressivement, à bon escient, avec la parole choisie qui convient. Cet éveil à la vie devait donc, continuellement, accompagner les garçons pour en faire des hommes, des Dogons. Les contes, les devinettes, les épopées permettent cette transmission d'une génération à l'autre. Amakana possédait parfaitement son rôle, son devoir de passeur de connaissances. Chacun sachant l'interdiction de conter pendant le jour, dès la nuit tombée et le plat de *tô* partagé, Amakana, s'il en manifestait son accord, était vite entouré d'enfants attentifs aux yeux écarquillés et vifs d'une impatience non dissimulée. Combien de fois les enfants, même grandissants, ont demandé à Amakana de leur raconter, encore, ces histoires où les animaux les plus variés sont les acteurs principaux, dans des décors qui, tantôt ressemblent à l'environnement naturel, tantôt transportent dans des contrées magiques où les intervenants sont doués de pouvoirs hors du commun. Ces contes, venus du plus profond de la culture *dogon*, se sont progressivement adaptés et bonifiés lors de ces moments de transmission orale, chacun étant empreint de valeurs humaines et porteur de vertus morales. C'est ainsi que les enfants se nourrissaient, pour mieux grandir, en cherchant la réponse à une devinette, la solution à un problème, la signification de ces contes qu'Amakana savait leur distiller avec affection.

Le grand-père attachait énormément d'importance à son rôle de guide et d'exemple pour ses petits-enfants. Il aimait aussi leur faire découvrir les particularités de la famille que ses ancêtres lui avaient transmises, complétées, sans doute, par la légende. C'est ainsi qu'il leur apprit que, lorsque les Dogons sont venus du Mandé, les familles s'égrenèrent le long de la falaise, sur les éboulis. Parmi les villages les plus anciens, une famille a créé Amani, village particulièrement cher à son cœur. Sa grand-mère y était née et Amakana avait, toute sa vie, conservé des liens affectifs et des relations étroites avec les Poudiougo d'Amani et leur histoire. C'est ainsi qu'il avait connaissance que certains, peut-être les meilleurs d'entre eux, il y a très longtemps, avaient quitté Amani pour aller s'installer, sur le plateau, à Soroly, premier village entre Sangha et Bandiagara.

Combien de fois n'a-t-il pas fait rêver Atimé et ses frères lorsqu'il leur racontait :

— les habitants de Soroly et d'Amani, c'est la même famille, tous des Poudiougo. Lorsqu'ils s'y sont installés, isolés, ils étaient exposés aux razzias des Touaregs, des Tamasheqs et des Foudahs, tous cavaliers redoutés qui rôdaient pour faire des prisonniers revendus, ensuite, comme esclaves. Et les villageois de Soroly n'avaient, pour se défendre que des pierres et des bâtons. Mais, ils étaient forts et courageux et arrivaient, quelques fois, à tuer les cavaliers dès qu'ils mettaient pied à terre. Seuls, les Dogons isolés, travaillant dans leurs champs, étaient parfois emportés. Heureusement, un Dogon de Soroly avait le pouvoir magique de faire disparaître, de rendre invisibles, le village, les gens et les troupeaux. Il arrivait même à abattre les assaillants uniquement avec des gris-gris. Revenus plusieurs fois sans résultat, les cavaliers ont finalement abandonné. Cet homme qui a sauvé Soroly a, aussitôt, été élu chef de village. Ses descendants lui ont succédé.

Certains soirs, sur la fin de sa vie, Amakana, voyant les enfants grandir, se faisait plus insistant, en reprenant ces valeurs qui conduisent au courage, à la sagesse. Et, prenant un ton plus solennel, il s'adressait à l'aîné :

— Tu vois, Atimé, tu vas devenir un vrai Dogon. Ton père, Atanou, saura te conduire, te soutenir. Pense toujours à élever tes pensées, elles te feront grandir et avancer sur le chemin de la vie.

À chaque fois, Atimé, avant de s'endormir, se promettait de transmettre ces paroles dont la formulation l'impressionnait…

Mais, l'âge avançant, la voix d'Amakana se faisait plus lourde, plus laborieuse et, finalement, plus rare, sans que personne ne puisse expliquer cette baisse de vitalité…

Oncle Abora

Sans que l'on sache très bien, ni quand, ni qui en avait décidé ainsi, l'oncle Akonio, le jeune frère d'Atanou, était familièrement surnommé par tous Abora, « le garçon de plus ». Il était, en effet, le cadet des quatre enfants d'Amakana. Presque tous en avaient oublié le nom qui lui avait été donné à sa naissance. Abora était installé, avec femmes et enfants, dans une *ginna* si proche qu'elle n'était séparée de la maison de la grande famille que par un mur en banco, haut de six à sept coudées. Au beau milieu de ce mur, comme un trait d'union, une porte sculptée, particulièrement imposante, était toujours ouverte. C'est là qu'Amakana avait expliqué, au fil des ans, à ses quatre « petits », Amouyon, Atime, Adiouro, et Amono, la signification des sujets qui avaient été ciselés sur la porte, ou, tout au moins, ce qui pouvait en être dit aux enfants.

Cette ouverture était le lien qui unissait, comme un cordon ombilical, la jeune *ginna* d'Abora à celle de la grande famille, sous l'autorité bienveillante mais ferme de son chef. Pour Atimé grandissant, la présence de l'oncle Abora, qu'il savait retrouver fréquemment, a été précieuse. La quarantaine venue, Abora savait amuser, expliquer, raisonner, rassurer. Il a toujours été le complément irremplaçable de son père Amakana, le chef de famille. Il avait ainsi pu expliquer à Atimé, beaucoup plus réceptif que ses frères, au fil de son enfance, par petites touches, la composition et l'évolution de sa famille. Aussi, lorsqu'Abora considéra qu'Atimé allait devenir un homme, il jugea de son devoir de lui fournir davantage d'explications et lui rappeler par le détail à quelle famille il appartenait.

Pendant les longues soirées d'hiver où le vent refroidit les *ginna* et fait frissonner le corps, Atimé, dès le plat de *tô* familial terminé, jetait un pagne élimé sur ses épaules et allait s'asseoir près d'Abora, installé toujours sur la même pierre, brillante et patinée d'avoir tant servi. Son oncle pouvait alors « rebâtir » la famille...

— Bon... vois-tu... d'après ce qui m'a été rapporté et que j'ai appris, pas à pas, je peux te dire qu'Amakana, ton grand-père avait épousé très tôt Fatoumata, la femme qui lui avait été réservée, dans une famille de Yendouma, ou d'un petit hameau à côté, je ne sais pas très bien. Il y avait été préparé, patiemment, selon la tradition, depuis son plus jeune âge. Deux garçons étaient nés rapidement.

Un long silence, une hésitation, puis Abora reprenait :

— Mes deux grands frères s'appellent Indiélou et Akouni, mais je ne les ai pas connus. Ils ne sont pas restés chez nous. Tu sauras pourquoi... plus tard...

Pendant de longues minutes, Atimé essayait de se faire une quelconque idée de ses oncles qui vivaient loin de Bongo, loin de la famille. Comment pouvaient-ils encore être *dogon* ?

Puis, Abora poursuivait :

— Autre étape dans sa vie, Amakana avait vingt-cinq ans lorsqu'il épousa Yanagalou, six ans plus jeune que lui, petite fille du chef de village, tout proche, de Dini. Elle venait de mettre au monde une fille à qui les grands-parents donnèrent le nom de Yadana. Très reconnaissante qu'Amakana l'ait choisie, elle prit très rapidement sa place, sa part, sa charge de deuxième épouse. Elle fut d'autant mieux acceptée à Bongo que de nombreuses jeunes femmes la connaissaient déjà et les plus âgées n'ignoraient pas son origine. Courageuse, bonne épouse, attentive aux besoins des parents, elle savait aussi se montrer présente, s'il le fallait, aux côtés des deux garçons de Fatoumata, sa co-épouse qu'elle appréciait pour son énergie et son courage. Ainsi, une famille semblait se construire harmonieusement, d'autant que Yanagalou, dans les années suivantes, donna naissance à une deuxième fille, Yaserou…

Là, Abora, le menton appuyé sur ses deux mains ouvertes le long de ses joues, se tut longuement, comme si ses pensées ne lui permettaient pas de poursuivre. Après avoir scruté le ciel largement étoilé, il rappela à Atimé qu'il se faisait tard pour aller plus avant, et, d'une tape affectueuse sur la cuisse, l'envoya retrouver les siens…

Abora avait laissé passer plusieurs jours avant de parler à nouveau de la vie d'Amakana. Finalement, prenant Atimé près de lui, il aborda un évènement qui avait, semble-t-il, fort éprouvé la famille :

— Comme mon grand-père me l'a expliqué, il te faut savoir, Atimé, que, depuis qu'ils vivaient ensemble, la mésentente s'était installée, progressivement, dans la famille. Amakana, par fidélité à la tradition qu'il n'a jamais mise en doute, a toujours été très respectueux des règles et obligations familiales et de l'organisation villageoise, au cœur du pays *dogon*. Fatoumata venait de la plaine, là où le quotidien se déroule avec moins de rigueur. Aussi, se rebellait-elle souvent, à Bongo, contre cette vie trop bien huilée depuis des générations qu'elle percevait, de plus en plus souvent, comme étouffante. Elle avait bien conscience de ses difficultés à respecter ces règles de la vie familiale auxquelles tous, sur la falaise, sont viscéralement attachés depuis toujours. Mais, elle ne savait ni les faire siennes ni les respecter durablement. Chaque fois, Fatoumata pensait pouvoir s'adapter, mais ses bonnes résolutions ne tenaient que peu de temps, son éducation lui ayant donné d'autres repères, d'autres codes de vie. Amakana avait dû lui demander plusieurs fois de se ressaisir. Même sa co-épouse, Yanagalou, qui aurait aimé s'entendre avec elle pour la maintenir dans la famille et mieux partager son quotidien, redoublait d'efforts pour la comprendre, et essayait de la raisonner, de la consoler. Mais, elle n'y put rien changer...

Quelques semaines passèrent pendant la chaleur étouffante qui précède les fortes pluies de l'hivernage. Atimé avait accompagné son oncle Abora chez un ami de Diamini Goura, le village voisin, installé, comme Bongo, sur le bord de la falaise abrupte. Sur le chemin du retour, alors que le soleil allait se coucher sur le plateau, ils s'arrêtèrent, le temps d'une pause, à l'abri des rochers qui, plus loin, vont faire face à Bongo. Atimé trouva le temps de capter l'attention de son oncle :

— Oncle Abora, tu m'en as un peu parlé, mais peux-tu me dire comment Fatoumata a quitté la famille ?

— Ah ! Atimé, je suis content que tu attaches beaucoup d'importance à la famille. Je vais donc essayer de te confier tout ce que j'ai pu savoir, car, moi non plus, je n'ai pas connu Fatoumata. À plusieurs reprises, la famille avait eu recours aux médiations traditionnelles habituellement sollicitées pour régler les conflits. À chaque fois, Fatoumata avait fait l'effort de les accepter, espérant intimement que ses difficultés seraient réduites en même temps que les exigences traditionnelles de la famille et de la communauté villageoise de son mari.

Un vieil oncle d'Amakana était venu spécialement de son village de Barou, au-delà de Sangha. Il avait longuement parlé avec tous, il avait expliqué. Chacun l'avait respectueusement écouté. Fatoumata paraissait décidée à dominer ses réactions qu'elle sentait trop impulsives et elle savait pouvoir compter sur l'aide et la compréhension de son entourage. L'apaisement revenu, la vie avait repris son cours. Mais, quelques lunes plus tard, des propos inconvenants avaient heurté les parents d'Amakana qui n'avaient pu les tolérer. En l'absence de griot, chacun avait admis, pour remettre bon ordre, la médiation de l'*irùné*, le forgeron, dont l'autorité est, depuis toujours, respectée, voire redoutée. Personnage de caste, c'est lui qui, depuis l'origine de la terre et des hommes, fabrique les outils permettant à tous de travailler... Comme toujours entourée de secret, son intervention parut déterminante. Pour la famille comme pour les autres femmes de son entourage, Fatoumata avait changé, pendant plusieurs années. Las, à la fin d'un hivernage où les fortes pluies avaient mis à mal de nombreuses maisons, sans que personne ne sache très bien pourquoi, Fatoumata devint à nouveau agressive, irrespectueuse, semant la discorde au-delà de ce que peut admettre une famille *dogon*. Après avoir consulté plusieurs fois le *jojoñuné*, le guérisseur, sans résultat, espérant toujours la ramener à un autre comportement, Amakana s'employa, du mieux qu'il put, à la raisonner, mais il échoua. Comme le permet la coutume, il fit même appel, par l'intermédiaire d'un ami marchand venant de Mopti au marché de Sangha, à un sage *bozo* de cette ethnie voisine vivant le long du fleuve Niger, censée regrouper, selon la légende, des cousins des Dogons, les fameux « cousins à plaisanteries ». Hélas, l'échec de cette dernière médiation avait été définitif, sans autre issue.

Finalement, la décision fut prise par les parents d'Amakana, sans heurts, mais sans nuances. Fatoumata ne pouvait que revenir dans sa famille en quittant Bongo où elle avait vécu onze ans… Amakana, respectueux des siens, comprenant la décision, n'avait pas cru devoir la retenir une dernière fois, mais il avait senti sa vie et sa famille vaciller. Il avait, malgré tout ressenti, au plus profond de lui, une profonde cassure intime… Le soutien sans faille de ses parents a dû être déterminant pour qu'Amakana reparte de l'avant. Ses garçons avaient besoin de lui et il avait la chance d'avoir Yanagalou à ses côtés. Sa force vitale était alors revenue, renforcée. Sa vie était, à nouveau, devant lui. Nous ne lui en serons jamais assez reconnaissants. En fait, sa rude vie de Dogon ne faisait que commencer.

Puis, longtemps silencieux, Abora resta immobile, le regard fixe vers un baobab qui les dominait, mais l'esprit ailleurs, occupé par cette déchirure qu'avait dû supporter sa famille…

Puis, il reprit quelques instants, comme pour se ressaisir, pour ne pas rester sur cet évènement douloureux :

— Amakana avait trente-deux ans lorsqu'Atanou naquit. Son premier garçon, son premier fils avec Yanagalou, sa deuxième épouse, lui apparut comme un bienfait des génies qu'ils avaient, tous les deux, souvent vénérés, par des offrandes sur l'autel de famille ou sur le rocher sacrificiel que l'on contourne en revenant de Dini, par le chemin des initiés. J'en ai eu plusieurs fois l'écho par des vieux, amis de la famille. Amakana en éprouva une intense satisfaction. Il en était même rassuré. Il avait un fils avec l'épouse qui vivait auprès de lui…

Pendant les mois de l'hivernage, les pluies renouvelées et la culture du mil ne permettaient que rarement à Atimé de retrouver l'oncle Abora pour autre chose que des histoires sans grande importance. La récolte terminée, Abora devint plus disponible et, toujours aussi naturellement, Atimé savait le retrouver dès que la nuit tombait. Un soir, il demanda à son oncle pourquoi Amakana n'avait plus de femme. Abora hésita longuement, comme s'il avait du mal à en parler ou s'il jugeait Atimé trop jeune pour aborder une question si délicate. C'est finalement plusieurs jours après qu'Abora, prenant Atimé contre lui, lui expliqua :

— Après la naissance d'Atanou, venu rejoindre les deux garçons de Fatoumata et les deux filles de Yanagalou, la famille avait retrouvé un équilibre et une sérénité qu'Amakana avait un instant perdus. Toutefois, la santé de Yanagalou était fréquemment perturbée par des difficultés dont je ne sais te parler avec précision, mais elle connaissait les plantes et les préparations qui redonnent la santé. Quelques années passèrent. Alors que le destin ne paraissait plus le lui permettre, Yanagalou fut à nouveau enceinte, une grossesse éprouvante qui ne put arriver à son terme que grâce au courage de cette femme exemplaire, à l'aide effective de ses deux filles qui commençaient à grandir et le soutien de sa grande sœur venant régulièrement de Dini. La compréhension d'Amakana faisait le reste.

Abora suspendit son propos et parut hésiter longuement. Avait-il perdu le fil de la parole ? Sa mémoire lui faisait-elle défaut ? Avait-il des difficultés à évoquer quelque évènement réservé aux adultes ?... Après un long silence qu'Atimé n'osa rompre, Abora reprit, gravement :

— Bon, il faut que je t'explique. À ma naissance, l'arrivée bienvenue d'un nouveau fils aurait pu combler Amakana, si la joie d'un instant n'avait pas été anéantie par une destinée tragique contre laquelle personne ne peut rien. Yanagalou était subitement morte en couches. Chacun sait que, depuis toujours, des femmes paient de leur vie leur devoir d'enfantement, leur besoin de descendance. Mais, Amakana fut profondément marqué par cette nouvelle fatalité qui l'accablait et qui allait meurtrir, à tout jamais, la famille, la *ginna*. Chacun allait devoir en supporter sa part de conséquences. L'aide extérieure allait être déterminante...

Abora s'accorda un long moment de silence avant de poursuivre :

— Lorsque Yanagalou mourut, ses deux filles, Yadana et Yaserou, avaient déjà grandi. À 11 et 9 ans, elles avaient beaucoup appris au contact quotidien de leur mère. Malgré la fatalité implacable pour elles, il leur fallut bien faire face à l'essentiel des tâches quotidiennes. Dès ma naissance, j'ai été confié à ma tante, Aminata, sœur de Yanagalou, ma mère défunte. Elle était mariée à Iréli où j'ai grandi jusqu'à neuf ou dix ans, je ne sais pas très bien, avant de revenir ici, dans la maison de la grande famille, à Bongo. Ensuite, rapidement, face à tant de difficultés, après en avoir beaucoup parlé, tant avec sa famille qu'avec Amakana, Aminata avait décidé d'envoyer une de ses filles, Yakéné, vivre à Bongo, chez Amakana. Elle venait d'avoir quinze ans depuis peu.

Et, subitement silencieux, Abora mesurait longuement quelle avait pu être la charge de ses grandes sœurs, la responsabilité de Yakéné et l'aide qu'avaient apporté la tante Aminata et sa famille. Pour aider Atimé à comprendre ce qu'il ressentait en pensant à ces épreuves que la famille a vécues sans lui, il continua de s'imaginer, à haute voix, quel avait pu être le quotidien de ses sœurs :

— Réveillées dès que les coqs annoncent le jour nouveau, Yadana et Yaserou s'affairaient du mieux qu'elles pouvaient, avec le soutien constant de Yakéné et l'aide bienveillante de plusieurs femmes des *ginna* voisines. Et les jours s'égrenaient, inlassablement rythmés par les mêmes tâches. Autour du puits, au pied des baobabs plusieurs fois centenaires, il y avait toujours une femme pour sortir l'outre du puits et remplir, à demi, une bassine encore bien lourde pour Yadana. Comme elle l'avait toujours fait avec sa mère, elle prenait le plus grand soin pour placer sur le haut de la tête, son bourrelet de cotonnade usagée, avant d'y poser, accompagnée par une main amie, sa première charge de la journée. Aussitôt, dans une posture qui, déjà, n'appartient qu'aux femmes africaines, Yadana se faufilait silencieusement entre les maisons du village. Seules, la fragilité de son cou et l'étroitesse du bassin soulignaient les limites d'une adolescente. Quatre ou cinq allers-retours au puits permettaient ainsi de procurer à la famille l'eau nécessaire pour la journée.

Yakéné étant très occupée à la *ginna*, Yaserou accompagnait plus souvent Yadana pour la corvée de bois. Le chemin est plus long pour rejoindre le plateau rocheux, au pied de Diamini. Là, les femmes stockent, depuis toujours, la maigre réserve de bois mort qu'elles ont ramenée, patiemment, souvent de fort loin. Pour beaucoup, c'est en brousse, à de nombreuses heures de marche, que les plus opiniâtres arrivent à trouver, de-ci, de-là, les branches mortes indispensables à la préparation quotidienne des repas. À chacun son tas et il ne viendrait à personne l'idée même de toucher au bois de la famille voisine. Pour Yaserou comme pour Yadana, les carrés d'une étoffe laineuse n'étaient pas de trop pour protéger la tête des aspérités agressives des branches mortes et noueuses, encombrantes et difficiles à contenir. Le long des maraîchages qui entourent le marigot, le sol humide s'esquivait très souvent sous les pieds mal chaussés, mais les discussions et les rires des femmes, arrosant leurs carrés d'oignons, redonnaient de l'allant aux adolescentes. Puis, la montée vers le village obligeait à ralentir le pas et la charge rendait la respiration plus saccadée. Mais les enfants qui crient en poussant un cerceau sans âge occupaient, un instant, leur attention.

Abora imaginait ensuite ses sœurs, souvent en compagnie de Yakéné, pilant le mil pour le plat de *tô* familial, avec, parfois, l'aide d'Amakana ou d'Atanou qui rentraient des champs. Et les corvées s'enchaînaient au rythme habituel des femmes du village. Silencieux, Abora se prenait la tête entre les mains et, sans le laisser paraître, laissait monter en lui toute la reconnaissance que ses sœurs lui inspiraient...

— Les années passant, Atanou, fut très vite un garçon solide et courageux. Il ne quitta plus son père et apprit très tôt la dure vie d'un Dogon cultivateur.

Soudain, Abora, dont l'esprit venait de vagabonder dans un passé qu'il avait dû reconstituer, revenait vers Atimé qui n'avait pas cru pouvoir se manifester un seul instant. Le regard assombri, il était de plus en plus grave, comme consterné par toutes ces difficultés.

— Mais, vois-tu, Atimé, même si je n'en ai pas personnellement souffert, je regrette souvent d'avoir été, par mon jeune âge, une charge pour la grande famille et je remercie, tous les jours, notre tante Aminata pour sa générosité.

Abora s'arrêta alors, les avant-bras posés sur ses genoux, le regard troublé dirigé vers le sol, recueilli, comme s'il priait... Puis, réalisant qu'Atimé l'observait, il reprit :

— Les vieux du village m'ont souvent dit que ces années-là ont été très difficiles pour tous, les mauvaises récoltes se succédant. Aussi, peu de temps après mon départ à Ireli, les deux grands frères, Indiélou et Akouni, ont quitté le pays *dogon*, comme de nombreux autres jeunes en quête d'un hypothétique travail qui leur permettrait d'éviter, pensaient-ils, de nouvelles années de disette… Mais, je t'en parlerai une autre fois…

Abora était immobile, le regard vague dirigé vers le sol, le visage fermé. Il ne put que rajouter :

— Je n'ai jamais connu mes frères… Indielou et Akouni…

Atanou, une vie d'épreuves

Ponctuée régulièrement par des drames, la vie d'Atanou fut une série d'épreuves qu'il avait appris à surmonter. Elles en avaient fait l'homme, le sage qu'il était devenu. Lorsque Yanagalou le mit au monde, Atanou naissait dans une famille équilibrée, comme nombre de familles à Bongo. Son père Amakana, à trente-deux ans, avait déjà eu, avec ses deux épouses, Fatoumata et Yanagalou, deux garçons, Indielou et Akouni, et deux filles, Yadana et Yaserou. La naissance d'un nouveau garçon était donc parfaitement la bienvenue. Chacun pouvait en être satisfait. Mais, l'équilibre était, comme toujours, fragile. Ainsi, il ne tint que peu de temps face à l'adversité. Quelques années allaient suffire pour tout bouleverser.

Chef de famille courageux, avisé mais affecté, Amakana n'avait jamais pu évoquer ouvertement ces problèmes familiaux avec ses enfants. Après sa mort, l'oncle Abora s'efforça, sans le perturber, de faire comprendre à Atimé qui venait d'avoir dix-sept ans, à quel point le mauvais sort avait soumis à rude épreuve sa famille et, en particulier, Amakana et Atanou.

— Tu sais déjà, Atimé, que Fatoumata ne put jamais ni prendre sa place dans la famille ni s'adapter à la vie de Bongo. Aucune des médiations que permet la tradition n'avait pu amener Fatoumata à s'intégrer durablement sur la falaise.

Comme le veut la coutume, comme le décida la famille, elle revint chez ses parents. Atanou, enfant de Yanagalou n'avait alors qu'un an. Même s'il s'est toujours efforcé de ne pas le laisser paraître, Amakana en fut durablement affecté.

Abora resta pensif longuement. Son silence paraissait douloureux. Puis, il reprit :

— Et le mauvais sort continua, trois ans plus tard, lorsqu'à ma naissance, ma mère, Yanagalou, déjà éprouvée par une grossesse difficile, est morte en couches. Il m'arrive de penser, encore aujourd'hui, qu'elle est morte pour moi...

Aussitôt silencieux, Abora se prit la tête à deux mains et resta immobile, longuement, comme s'il priait telle ou telle divinité. Atimé, interdit, attendit qu'il reprenne :

— Heureusement, Aminata et sa famille étaient venues au secours d'Amakana. J'ai passé toute mon enfance chez Aminata, la mère qui m'a élevé, la mère qui m'a permis de ne pas souffrir de la situation. Je lui rends visite souvent et je lui souhaite longue vie auprès des siens. Là-bas, à Ireli, je me sens toujours chez moi, comme à Bongo. J'y connais presque tous les hommes de mon âge. J'ai grandi avec eux et j'en conserve un souvenir fraternel. C'est comme si nous faisions partie du même *tumo*, même si j'ai été circoncis à Bongo quelques années après mon retour.

Et Abora s'arrêtait de parler pour repenser à cette enfance, somme toute heureuse, qu'il enjolive toujours un peu, chaque fois qu'il en parle. Puis, il reprit :

— Ces années-là, dans toute la région, les récoltes avaient été mauvaises. Même les sauterelles avaient, une fois, tout dévasté en quelques jours. Disettes et famines avaient vidé progressivement les greniers. Comme toujours, les restrictions avaient emporté les enfants les plus fragiles comme les nombreux vieux dont la santé avait été « gâtée » par une vie trop rude. Comme je te l'avais déjà expliqué, conscients des difficultés vitales pour tous, les deux grands frères, Indielou et Akouni, qui venaient d'avoir seize et quatorze ans, ont beaucoup réfléchi avec Amakana, souvent échangé avec leurs oncles et parlé avec les vieux de leur entourage qui les avaient accueillis, sous la *togùna*, en signe de confiance. La décision fut difficile à prendre de quitter la falaise où ils avaient leurs repères, leurs amis et leurs espoirs. Mais, ils comprirent qu'il leur appartenait d'aider la famille en allant vivre, à Mopti, à Bamako ou ailleurs. En ville, il y avait forcément du travail et ils étaient courageux. C'est ainsi qu'ils partirent, un jour de marché à Sangha, guidés par un marchand et accompagnés des bénédictions répétées de leur entourage familial et amical. Les femmes n'avaient pas oublié de leur préparer une provision de *méné-méné* et de *kero-kero*, les boules de sésame et les pâtes d'arachides. Elles avaient la conviction que le chemin serait long.

Puis, Abora mit la main sur l'épaule d'Atimé et, après un soupir prolongé, ne put que dire, lentement, la gorge serrée :

— Bon… Atimé…, je n'en parle jamais…, mais, j'ai toujours autant de mal à supporter l'absence de mes grands frères qui sont partis avant que je ne revienne d'Ireli. Où sont-ils… ? Que sont-ils devenus ?... Ont-ils réussi ou auraient-ils besoin de nous ?... Pourquoi ne donnent-ils pas de leurs nouvelles… ?

Quelques soirées plus tard, Abora avait repris, pour Atimé, le cours des choses, le récit de la vie de la famille :

— Ainsi, Atanou avait à peine six ans qu'il n'avait plus, autour de lui, que le chef de famille seul, Amakana, et ses deux sœurs de treize et onze ans, Yadana et Yaserou. Heureusement, Yakéné, la fille de ma tante Aminata qui m'a élevé, était devenue, à la fois, la mère et la grande sœur pour que la famille maintienne sa place dans le village. Au cours des longues années qui suivirent, Atanou, sans jamais le laisser paraître car, « quoi qu'il arrive, un Dogon reste droit », souffrait intimement de l'absence de sa mère, pendant qu'il faisait le dur apprentissage du travail des champs avec son père. Tous les deux étaient finalement inséparables et Amakana avait ainsi apporté, très vite, à Atanou la connaissance des choses et des difficultés de la vie ou, tout au moins, celles qu'un jeune Dogon doit savoir... Yakéné avait vingt et un ans lorsqu'elle repartit à Ireli. Sa vie l'attendait là-bas, avec sa famille. C'est alors que j'ai fait sa connaissance. Pour moi, c'était une femme qui arrivait dans la *ginna* et, à seulement six ans, j'avais quelques difficultés à comprendre pourquoi Yakéné avait habité dans ma famille, alors que je grandissais dans la sienne... Les années suivantes m'avaient ouvert les yeux. Elle vécut une année ou deux avec nous, à Ireli, puis elle partit à Koro, loin dans la plaine. L'éloignement est tel qu'elle n'est jamais revenue à Bongo. Je l'ai seulement revue deux fois, il y a déjà longtemps. Même s'il n'en parle que rarement, ton père, Atanou, aurait aimé voir plus souvent celle qui l'a aidé à grandir, celle qui a profondément marqué son enfance. Nous souhaitons tous que les bons génies la protègent...

Abora, visiblement affecté par ce souvenir, resta longtemps silencieux. Il prétexta l'heure tardive et, pour rassurer Atimé, lui promit de poursuivre prochainement. Finalement, dès le lendemain, bien avant la nuit, il conduisit Atimé à l'écart du village pour, discrètement, reprendre le fil de la parole et poursuivre l'histoire de sa famille :

— C'est vers dix ans que je suis revenu à Bongo. C'était comme si, en laissant ma mère à Ireli, je venais de changer de famille, de changer de vie. Ici, Yadana, vingt et un ans, et

Yaserou, dix-neuf ans, étaient devenues de jeunes femmes qui assumaient parfaitement les besoins de la famille. L'abnégation de mes grandes sœurs faisait l'admiration de toutes les femmes de Bongo, très solidaires, qui n'hésitaient pas à les aider en cas de difficulté. Nous leur en sommes redevables, tant elles ont fait pour nous. J'avais douze ans lorsque Yadana dut rejoindre son mari à Banani, juste au pied de la falaise. Amakana s'y était engagé peu de temps après sa naissance et parole devait être tenue. Mais, elle continua de revenir souvent apporter de l'aide à sa sœur Yaserou restée seule à la *ginna* sous l'autorité bienveillante du chef de famille, Amakana, qui n'avait plus autour de lui que ses deux fils, Atanou et moi. Mais, tous étaient courageux, endurcis par le travail et les difficultés. Très vite amené à les accompagner, je me donnais beaucoup de mal pour ne pas les décevoir, même si, les premières années, les journées dans les champs me paraissaient bien longues.

Abora s'accordait le temps d'en sourire, puis continuait :

— À vingt-trois ans, Atanou épousa sa première femme, Yati, trois ans plus jeune, tel que ses parents, Amakana et Yanagalou, la lui avaient réservée. C'était la fille cadette d'un vieil ami de Bongo à qui Amakana rendait souvent visite et qui lui avait beaucoup appris sur la connaissance et l'utilisation des plantes, car il faisait partie de la grande famille d'un guérisseur. Un an après naissait Yakounidiou, une fille qui grandit sans problème, très vite habituée à imiter sa mère dans tous les gestes du quotidien. Dès son plus jeune âge, elle était espiègle au point d'amuser toutes les femmes qui la rencontraient, accompagnant sa mère, avec, en guise de bassine, une petite calebasse sur la tête et, installée dans le dos, son bébé, une boule de vieux chiffons assemblés par sa mère... La famille commençait à retrouver un certain équilibre. Puis, deux ou trois ans après, elle mit au monde un garçon, Amouyon, superbe Dogon, et Atanou n'en cachait pas sa satisfaction. Mais l'accouchement fut difficile et il apparaîtra, plus tard, que Yati allait en conserver des séquelles graves quant à sa fécondité.

Quelques jours passèrent avant qu'Abora puisse trouver le temps de reprendre ses confidences sur la famille. Il savait qu'Atimé en avait besoin pour construire sa vie :
— Atanou n'avait pas trente ans lorsqu'il épousa sa deuxième femme. Il l'avait connue dans la plaine. À Madougou, Amakana était souvent invité par un fils du chef de village et il se faisait souvent accompagner par Atanou, toujours prêt à partir. Pendant que son père participait aux fêtes rituelles auxquelles il était convié, Atanou s'était vite intégré à la vie de cette famille. L'aînée des filles, Yamaga, de cinq ans sa cadette, était particulièrement belle. Bientôt adolescente, déjà svelte et cambrée, son port de tête soulignait, dans son visage harmonieux, un regard à la fois expressif et d'une infinie douceur. Atanou avait souhaité rapidement en faire sa femme et il avait su le lui faire savoir. Mais, Amakana et Yanagalou l'ignoraient. Concernant Yati, ils s'en tenaient à la parole qu'ils avaient donnée, et leur fils en était informé. Mais, Atanou était patient et avait su convaincre Yamaga d'attendre plusieurs années avant de la ramener sur la falaise. Las, à Bongo, elle n'a réellement jamais pu s'adapter, jamais su se faire accepter par la communauté villageoise. Nul n'a jamais su si sa beauté exceptionnelle était admirée par les autres femmes ou si elle dérangeait. Très vite atteinte d'un mal étrange qui lui rendait la respiration difficile et les forces de plus en plus limitées, toujours triste, elle avait du mal à assumer les tâches qui lui incombaient, malgré ses efforts constants, malgré l'aide de Yati, la première

épouse, et la compréhension d'Atanou. Il est vrai que la vie d'une femme sur la falaise y est beaucoup plus éprouvante que dans la plaine. Atanou sut rapidement qu'elle ne pourrait pas lui donner d'enfant. Il en conservera, au fond de lui, comme une profonde blessure intime jamais totalement guérie. Il n'avait pourtant pas souhaité avoir plus de deux femmes : celle que ses parents lui avaient donnée et celle qu'il s'était choisie. Mais, de ses deux épouses, aucune ne pouvait plus lui donner d'enfant. Fortement éprouvée depuis la naissance d'Amouyon, Yati, plusieurs fois en état de grossesse, n'avait pu conserver son bébé. Elle était particulièrement énergique, mais elle ne pourrait pas continuer d'assumer toutes les tâches, d'autant que, même si elle s'efforçait d'être la plus courageuse et dévouée possible, Yamaga était, de toute évidence, fragile et donc physiquement limitée. Atanou en avait beaucoup parlé avec son père. Il s'en était ouvert auprès de plusieurs oncles, comme le veut la coutume. Chacun était d'avis que sa famille ne pouvait pas rester ainsi limitée.

— Mais, oncle Abora, réagit Atimé, c'est alors qu'il épousa ma mère ?

— Tu as raison, Atime, c'est peu de temps après qu'il épousa Yatigué, sa troisième femme. De dix ans sa cadette, elle avait grandi dans le village de Daga, perché sur la falaise, comme Bongo, à quelques heures de marche d'ici. Aussi, venait-elle souvent à Sangha où sa sœur aînée était mariée depuis de nombreuses années avec une connaissance d'Atanou, un homme pittoresque connu dans les villages alentour, comme son père, pour sa capacité à trouver l'eau sous nos pieds et à guider les puisatiers. Toujours armé de sa baguette aussi courbe que mystérieuse, il ne parlait jamais de son savoir mais ses résultats s'imposaient à tous. Yatigué venait régulièrement au marché de

Sangha aider sa sœur aînée qui, comme, avant elle, les autres femmes de la famille, *dolotière* habituelle, y vendait du *koñio*, la bière de mil que les Bambaras appellent *dolo*, qu'elle savait fabriquer avec le mil le plus adapté, pour gagner quelques billets ou « jetons » qu'elle pouvait consacrer, sur le marché, à des achats pour elle et sa famille.

— C'est à cette époque et dans ces conditions que Yatigué a appris à préparer la bière que chacun apprécie, depuis, à Bongo. Dynamique et ouverte aux autres, Yatigué s'est très vite intégrée au groupe des femmes de Bongo. Lorsqu'elle t'a donné naissance, tu étais un bébé robuste, puis un enfant solide, résistant, jamais malade... Tu t'es très vite montré sérieux, réfléchi, un peu réservé, mais toujours attentif aux choses comme aux gens. Vinrent ensuite tes deux jeunes frères, Adiouro puis Amono, le plus jeune, qui fut vite très remuant, malicieux, sachant se faire protéger par ses frères. Il a toujours su profiter de ses trois *nà*, ses trois mamans...

Dès lors, Amakana pouvait être rassuré. Autour de son fils aîné, Atanou, la famille s'était reconstruite, la *ginna* revivait grâce aux cris des enfants. Pour lui, le temps du repos et de la sagesse occupait ses journées. À près de soixante-dix ans, usé par le travail et les épreuves, il n'allait plus aux champs depuis plusieurs hivernages. Tout en veillant à l'harmonie de sa famille, il était très présent, avec les autres vieux du village, à l'ombre, sous la *toguna*, la case à palabres réservée aux hommes, pour échanger les nouvelles du village, s'inquiéter des difficultés de chacun et régler les conflits de premier degré qui étaient soumis, périodiquement, à ce conseil des anciens dont l'autorité n'est, en principe, jamais contestée.

Il était temps également de réfléchir à l'organisation du prochain *Sigui*, fête rituelle sacrée entre toutes, mais qui ne se répète que tous les soixante ans. Et, il savait rappeler à ses amis ses souvenirs contrastés des précédents. Pour son premier *Sigui* à Bongo, il n'avait que huit ans, mais, même tenu à l'écart avec les femmes, il en avait conservé un souvenir extraordinaire qu'il avait cultivé et enjolivé toute sa vie. Aussi, à soixante-huit ans, il avait assisté au dernier dans la plénitude de la sagesse. Malgré son regret de n'avoir participé activement à aucun des deux, il se faisait un devoir de cultiver, auprès de tous, l'importance ultime de cette fête rituelle qui célèbre le renouvellement du monde.

Après un silence qui traduisait visiblement la profonde admiration qu'il portait à son père, Abora reprit :

— Pour en avoir été les acteurs dynamiques, les animateurs, à trente-six ans et trente-deux ans, c'est à nous, Atanou et moi, de transmettre aux plus jeunes la place essentielle du *sigui* dans notre culture. Ton père n'oubliera pas de t'en parler car il porte toujours en lui comme un bienfait des génies que tu sois né l'année du *Sigui* à Youga. Je te donnerai également mon sentiment, plus tard. A chaque âge ses connaissances... Tu as tellement de choses à apprendre d'ici là...

L'histoire de la famille se rapprochait ainsi de lui. Aussi, après avoir quitté son oncle, Atimé, avant de s'endormir, prenait le temps de réfléchir, de se situer, de s'orienter, tout en espérant que l'oncle Abora lui ferait bientôt de nouvelles confidences. Mais, plusieurs semaines passèrent. Abora paraissait hésiter à continuer. Atimé allait comprendre pourquoi, dès que son oncle allait reprendre le fil de la parole :

— Tu sais, Atimé, les bons génies n'ont pas toujours été avec nous... Tu avais cinq ans lorsqu'un nouveau drame accabla la famille. Tout le village fut même profondément affecté par la perte d'Amouyon. C'était avant les pluies de l'hivernage.

Comme chaque soir, la chaleur étouffante de la journée tardait à s'évacuer des *ginna*. Profitant de la lune particulièrement lumineuse, les villageois se rendaient visite et les discussions allaient bon train dans les coursives. Elles étaient même très animées chez les deux ou trois *dolotière* servant la bière de mil qu'elles préparent régulièrement pour gagner quelques jetons. Sous les baobabs plusieurs fois centenaires qui se répartissent autour du puits, des grappes de jeunes dansaient au rythme des *gomboy*, ces tambours d'aisselle que les habitués savent animer avec dextérité et ferveur, tel qu'ils l'ont appris depuis leur plus jeune âge. Comme toujours, les enfants allaient et venaient librement et rentraient à la *ginna*, à leur guise, lorsque la fatigue les conduirait à abandonner leurs jeux souvent improvisés. Finalement, le village s'était progressivement calmé, puis endormi sous la lune qui finissait par étirer les ombres et estomper les greniers.

Abora se tut quelques instants, appuya son front sur le plat de sa main, puis, il reprit :

— Au petit matin, Amouyon n'était pas rentré… Au-delà de la famille, la nouvelle se répercuta dans le village et tout le monde se mit à chercher. Le soleil commençait à peine à poindre au fin fond de la plaine, lorsqu'il fut retrouvé noyé. Il portait une plaie importante sur le côté gauche du crâne et son bras était fracturé. De toute évidence, il était tombé, accidentellement, du rocher qu'escaladent souvent les enfants, en surplomb du marigot. Assommé, sans une plainte, il s'est finalement noyé dans, à peine, deux coudées d'eau. Personne n'avait pu s'en rendre compte. Chacun savait, depuis toujours, qu'Amouyon souffrait de *guérinama*, cette maladie qui fait que la vue baisse très vite dès que la nuit tombe, alors que les Dogons continuent de vivre normalement dans la pénombre, surtout lorsque la lumière de la lune est intense. Aussi, Amouyon, souvent obligé de devoir rester à la *ginna*, devait attendre la lune et le ciel clair pour participer, même avec quelques difficultés, aux occupations et aux jeux des autres enfants. D'ailleurs, connaissant son handicap, certains, pour ne pas le laisser à l'écart, l'aidaient à se guider, à se repérer. Cette nuit-là lui fut fatale, sur ces rochers qu'il pratiquait, parfaitement, pendant le jour...

Toute la famille en a été profondément meurtrie, bouleversée, lorsqu'il a fallu partir de la *ginna*, amener le corps et le déposer dans la falaise. Malgré le soutien des femmes du village qui pleuraient bruyamment, les forces paraissaient manquer à Yati, accablée, pour accompagner son seul garçon. Il allait avoir onze ans... Même s'il ne le fit que très peu paraître, Atanou avait eu beaucoup de mal à admettre ce nouveau coup porté à la famille. Perdre, en quelques heures, son fils aîné était insupportable... Il lui a fallu être fort pour reprendre son chemin... Tu ne t'en souviens peut-être pas, Atimé, car tu avais cinq ans lorsque ton destin bascula pour faire de toi l'aîné sur qui l'avenir allait reposer...

Mais, Atanou a toujours été un lutteur face aux épreuves et aux difficultés de la vie. Confronté à l'adversité, il est toujours parvenu à puiser en lui les ressources physiques et morales pour continuer son chemin. Son *nyama*, sa force vitale, est la plus grande de ses qualités. Malgré les aléas trop souvent douloureux, il n'a jamais cessé de participer activement à la vie du village. C'était sa seconde famille. En l'absence de griot à Bongo, il était devenu l'un des animateurs recherchés pour les fêtes rituelles, comme pour les fêtes spontanées entre villageois. Très tôt, au contact des anciens, il était un excellent joueur de *gomboy*, le tambour d'aisselle qu'il a toujours vu chez lui, en bonne place, mais aussi entre les mains expertes de son père Amakana, souvent sollicité à Bongo comme dans plusieurs villages alentour.

Progressivement, chaque animation, chaque fête rituelle voyait ses interventions plus fréquentes, son influence grandissante. Atanou était ainsi fait. Son courage extrême pour faire front à la fatalité, il semblait le puiser dans sa capacité à se dévouer pour la vie communautaire, à animer les fêtes rituelles, à perpétuer les traditions de solidarité qui ont toujours fait la force morale des Dogons.

Yaperou, Ya Birù

Comme dans toutes les familles, et de génération en génération, Atimé avait épousé, à dix-neuf ans, la femme qui lui avait été réservée, promise, depuis que ses parents, Atanou et Yatigué, en avaient convenu ainsi avec une famille du village voisin de Dini, bien connue depuis toujours. Amadou, le père, était un homme honnête et courageux et, Yamoïla, sa deuxième épouse, était née à Bongo, dans une famille amie, une femme exemplaire, bonne ménagère, mère attentive et d'un dynamisme étonnant.

Participant aux travaux des champs qui se voisinent, ils avaient l'habitude de s'épauler mutuellement et de se rendre, fréquemment, de menus services. Atimé en fut informé par ses parents, très tôt, vers six ou sept ans, mais il n'y attacha pas, sur le moment, une grande importance. Il se souvient, toutefois, de leurs recommandations insistantes de respect à manifester à cette famille...

Au cours des années qui suivirent, c'est Amakana, son grand-père, alors vers la fin de sa vie, qui expliqua, progressivement, à Atimé, comment les choses se passaient, selon la tradition respectée par tous :

— Vois-tu, Atimé, le rôle des parents, de la famille, est très important, car voilà une chose sérieuse. D'abord, pendant les premières années d'un garçon, tout commence par une longue réflexion au sein de la grande famille où chacun est attentif aux naissances de filles dans les familles qu'elles portent particulièrement en estime. Les fillettes sont appréciées à l'image des parents et, spécialement, de leur mère qui, au-delà de sa beauté doit savoir transmettre son dynamisme, sa réputation de bonne épouse et de mère inspirée et respectée.

Un autre soir, Amakana reprenait :

— Bon, tu vois, Atimé, nous en avions longuement parlé ensemble. Lorsque tes parents ont pensé que Yapérou serait sûrement une bonne épouse pour toi, ils ont rendu plusieurs visites à ses parents pour leur faire part de leur souhait. Après le temps de la réflexion, les parents de Yapérou ont donné leur accord. Ils ont fait part de leur satisfaction. Comme il est de tradition, tes parents ont remis à la maman de Yapérou une petite somme d'argent et un présent dont je n'ai plus le souvenir. À partir de cet instant, les deux familles étaient définitivement engagées. Yapérou, qui avait deux ans de moins que toi, t'était réservée.

Et la vie continuait. Et, à chaque rencontre, Atimé pouvait constater que, lors des salutations rituelles, chacun n'oubliait pas de s'assurer des bonnes nouvelles des deux enfants.

Quelques années passèrent. Un soir où les pluies de l'hivernage étaient particulièrement abondantes, s'assurant qu'il n'était pas spécialement observé, Amakana prit Atimé près de lui et lui dit :

— Tu viens d'avoir douze ans. Tu seras bientôt un homme. Tes parents t'y préparent. Il y a peu de temps, ils ont apporté à la maman de Yapérou de nouveaux présents et une somme d'argent qu'ils ont librement appréciés. Une occasion de constater, une nouvelle fois, leur entente parfaite pour leur projet, leur décision de votre vie future.

Pendant ces années de leur enfance, la vie quotidienne des familles avait donné à Atimé et Yapérou l'occasion de se rencontrer souvent, de se voir grandir. En dehors d'allusions indirectes, ils n'avaient pas, en principe, le droit d'évoquer le serment qui les liait. Atimé connaissait la suite à laquelle il se soumettait naturellement. Pourtant, devenu homme, il y repensait souvent, sa raison ayant, périodiquement, quelques difficultés à s'accorder avec cette tradition, surtout lorsqu'il devint père de famille. Il se souvient qu'aux abords de sa quinzième année, ses parents avaient offert à ceux de Yapérou la première des traditionnelles poches de *sira*, la poudre de tabac très prisée des Dogons. D'autres poches de *sira* furent offertes au cours des années suivantes.

Sans, naturellement, contester ouvertement cette coutume séculaire, Atimé trouvait la démarche fort longue et contraignante pour les familles qui avaient à respecter un engagement aussi important pendant dix ou quinze ans, alors que les enfants concernés ne pouvaient, à aucun moment, donner leur avis et, encore moins exprimer un autre choix. À d'autres moments, le défilement des années et le renforcement progressif du lien entre les deux familles semblaient lui convenir, même si, parfois, l'attente pouvait lui paraître un peu longue et si Yapérou était de plus en plus séduisante.

Après un nouvel apport de tabac, les parents de Yapérou avaient finalement fait savoir que la boîte à *sira* était pleine et ils n'ont pas tardé à distribuer le tabac aux vieux de leur entourage qui prenaient ainsi connaissance que les familles étaient d'accord et que le mariage aurait bientôt lieu.

Pour confirmer leur consentement, les parents d'Atimé avaient offert, comme il est de coutume, la plus grande calebasse remplie de mil et une dernière somme d'argent. À cet instant, Atimé et Yapérou se savaient mariés, définitivement engagés l'un vers l'autre. Il avait dix-neuf ans, elle, dix-sept. Dès lors, au lieu de dormir dans sa famille, Yapérou allait dormir chez une *yanapey*, une vieille, avec tout le respect que chaque Dogon accorde à une femme veuve de cet âge. C'était une grand-mère, amie de sa famille, qui fut chargée de l'accueillir... Même si la mère avait naturellement déjà informé sa fille sur la place d'une femme au sein d'une famille *dogon*, la grand-mère était spécialement chargée de lui renouveler des conseils pour son rôle d'épouse et celui de mère, ainsi que son obligation de respecter ses beaux-parents, dans la grande famille qui serait bientôt la sienne. Ainsi, Atimé pouvait aller chez la grand-mère, de temps en temps, le soir, après le repas, pour parler, échanger, avec Yapérou, sa femme, et avec la grand-mère. Il faut du temps pour se connaître, dans l'esprit des deux familles, fidèles à la tradition *dogon*.

Finalement, lorsque les deux jeunes époux l'ont décidé, les amies de Yapérou l'ont accompagnée, un soir, dans la famille d'Atimé qui leur a offert divers aliments ou sucreries, avant que les copains d'Atimé ne raccompagnent les filles chez la grand-mère. Yapérou était alors restée passer la nuit, avec son mari, dans sa chambre. Le matin, elle s'était levée tôt, bien avant le jour, pour entrer chez ses parents, sans être vue, par discrétion. Bien que la tradition n'impose pas un délai précis, plus de deux ans étaient passés pendant lesquels Yapérou habitait chez ses parents ou chez la grand-mère, et Atimé la retrouvait librement. Naturellement, elle rendait visite régulièrement à ses beaux-parents, aidant même pour la cuisine, le maraîchage ou pour amener l'eau du puits du village...

C'est pendant ce temps-là qu'un enfant, un garçon, était né. Après une longue concertation de la famille, Atanou, le grand-père, lui donna le prénom d'Amato. Quelques mois après, les parents du jeune couple décidèrent, d'un commun accord, qu'il était temps que Yapérou aille, définitivement, habiter chez son mari...

Aussi, pendant la saison sèche, Atimé et son père Atanou avaient passé de longues journées à préparer les briques de *banco* à proximité du marigot de Dini que longe la piste allant à Sangha. Dès l'arrivée, Atimé creusait un trou de deux ou trois coudées dans la latérite argileuse encore humide que l'eau découvrait progressivement sous l'effet du soleil brûlant et de quelques animaux s'abreuvant chaque soir. Il mélangeait alors la terre ramollie à souhait avec de la paille de *fonio* hachée qu'il portait chaque jour en fonction des besoins. Il malaxait bien le tout de façon homogène, souple. Puis, il transmettait alors, toujours à deux mains, de gros tas un peu flasques aux pieds de son père. Atanou, au fur et à mesure, posait à plat, à même le sol, un cadre rectangulaire de bois bien détrempé pour ne pas coller, haut d'une main et demie, qu'il remplissait manuellement avec ce mélange traditionnel. Arasé avec le plat de la main mouillée, le moule était enlevé fermement, laissant la brique de banco sécher à même le sol. Après avoir rincé le cadre de bois dans un seau d'eau, il préparait la brique suivante et ainsi de suite, sans relâche. Après ces journées harassantes, le dos meurtri par l'effort et la position, Atimé, couvert de boue, rentrait avec son père directement par les rochers plutôt que par la piste, plus longue et trop fréquentée. Il était fier de bâtir de ses mains, « sa » maison qui allait se rajouter dans la cour de la *ginna* familiale et il était reconnaissant à Atanou de lui apporter aide et conseils. Pour couper, en nombre suffisant, les meilleures perchettes de *pobù*, l'arbre à soie, un des rares arbustes auxquels les termites ne s'attaquent pas. Ils avaient même pris soin d'éviter la mauvaise lune. Elles résisteraient ainsi plus longtemps en soutien du toit en terrasse.

Pour construire la maison bien avant les pluies de l'hivernage, il avait été décidé de faire appel à un maçon d'Ireli réputé pour la qualité de son travail. Atimé et Atanou veillaient constamment à l'approvisionner en mortier de latérite pour assembler soigneusement les briques de *banco* une à une. Atimé, toujours attentif au savoir-faire de l'artisan, prenait le temps de se faire expliquer, de se faire guider pour poser et assembler, lui-même, bon nombre de briques. Il avait toujours une soif d'apprendre toutes choses et, le soir, il éprouvait du plaisir à voir les murs monter et sa maison prendre forme. De son côté, la jeune femme, Yapérou avait aidé *Nà* Yatigué à récolter les baies de *sa*, les « raisiniers » que les familles avaient plantés à côté de la retenue d'eau de Bongo. Elles avaient ensuite écrasé ces raisins sauvages desséchés sur la meule de pierre, à genoux, le dos courbé pendant de longues heures, en veillant bien à extraire des pépins l'huile précieuse qu'ils contiennent. Même si elles s'en réservaient un peu pour les soins de la peau, l'essentiel était, cette fois, prioritairement, rajouté par le maçon au crépissage de latérite pour obtenir une meilleure résistance aux fortes pluies à venir. Atimé avait noté qu'il devrait être fait de même, chaque année, pour réparer les dégâts habituels faits au crépi par la succession des orages pendant l'hivernage.

Après l'installation de la porte de bois dont seule la serrure était sculptée, le nouveau couple, Yapérou et Atimé, venait ainsi s'intégrer dans la grande famille, sous l'autorité traditionnelle, donc effective, du chef de famille, Atanou. Atimé venait d'avoir vingt-deux ans. Rapidement adoptée par les autres jeunes femmes du village qui admiraient son dynamisme, Yapérou s'était révélée, aussitôt, comme une excellente épouse, une mère attentive, respectueuse des plus âgés, jouant donc pleinement son rôle. Atimé appréciait fort cette harmonie retrouvée dans sa famille qui, pendant des années, n'avait pas été ménagée par les épreuves douloureuses.

Le sort et les mauvais esprits semblaient s'être apaisés...

Une tradition prégnante

Deux années s'écoulèrent et une petite Yasiema vint agrandir la famille...
Pendant son adolescence, Atimé avait déjà, peu à peu, appris que les filles étaient excisées dès leur plus tendre enfance. Mais, il n'avait pas, alors, attaché une importance particulière à cette pratique rituelle qui remonte, semble-t-il, à la nuit des temps. En revanche, quelques mois après la naissance de Yasiema, les choses se passèrent si vite que les plaintes et les pleurs de sa première fille, fiévreuse, dans les bras de sa mère attentive, bousculèrent viscéralement Atimé. C'est à ce moment-là qu'il prit conscience de l'importance de cet acte, même s'il est, somme toute, banalisé. Il se mit alors en quête de savoir, d'approfondir les choses, de réfléchir, de se forger une opinion plus personnelle. Bien sûr, en premier lieu, il en demanda la raison d'être et les origines à son père Atanou. Ce dernier sut lui donner l'essentiel de l'origine de l'excision des filles et de la circoncision des garçons :
— Les anciens nous ont expliqué que l'excision remonte à l'origine du monde, lorsque le Dieu Amma voulut s'unir à la terre qu'il venait de créer. Au moment de la pénétrer dans une fourmilière, une termitière se dressa, virile, empêchant cette

union. C'est ainsi qu'Amma dut abattre la termitière rebelle pour s'unir, enfin, à la terre excisée…

Atanou reprit, avec sévérité :

— C'est de cette union que naquit le chacal, à l'origine des premiers désordres sur terre…

Plus serein, il poursuivit :

— La terre excisée put accueillir Amma et recevoir, en son sein, l'eau, semence divine. Naquirent alors les premiers ancêtres originels, jumeaux deux à deux, à la fois mâle et femelle. Leurs descendants sur terre sont bien différenciés, homme et femme, mais chacun porte un attribut du sexe opposé, le prépuce et le clitoris, qui ne peut être conservé. C'est de là que viennent la circoncision et l'excision.

Mais, pour aborder réellement la pratique de l'excision perpétrée depuis lors, Atanou était quelque peu gêné :

— Ce sont les femmes qui veillent à ce rituel et les hommes n'ont pas à s'en occuper, se contenta-t-il de dire.

Atimé comprit alors qu'il ne pouvait insister, même s'il n'en savait pas assez. Mais, il prit soin d'aborder à nouveau les origines de ce rite et la pratique actuelle avec d'autres vieux de son entourage à qui il savait pouvoir faire confiance quant à leur discrétion. Il en parla également à son oncle Abora, son confident depuis toujours. Certes, chacun savait, à sa façon, justifier le rituel par son origine, mais tous se retranchaient derrière le fait que la pratique, même de nos jours, était un domaine strictement réservé aux femmes. Elles n'ont pas à en rendre compte aux hommes et les hommes n'ont absolument pas à intervenir.

Sur le conseil de son oncle Abora, Atimé se confia à sa mère Yatigué, maintenant grand-mère, et lui fit part à la fois de son trouble par rapport à cette pratique et de son souhait de connaître l'avis des femmes. Yatigué ne se déroba pas. Elle prit toutefois le soin de choisir le moment et de s'éloigner du village pour s'exprimer sur ce sujet important même si, finalement, il est très rarement abordé. Le moment venu, ils s'installèrent, assis, sur l'un de ces rochers inhabités qui dominent à la fois le village voisin de Gogoli et la plaine toujours aussi imposante et énigmatique lorsque le soleil disparaît progressivement.

Tout d'abord, Yatigué ne contredit pas les origines qui lui avaient été expliquées :

— Tu sais, Atimé, les vieux sages par qui les connaissances se transmettent sont mieux informés que les femmes des origines de notre monde. Les hommes s'occupent, entre eux, de la circoncision des garçons lorsque c'est, pensent-ils, le moment de devenir adulte. Rappelle-toi, Atimé, comme tous les garçons de ton *tùmo*, ta classe d'âge, tu étais impatient de quitter l'enfance. Vous n'étiez pas peu fiers lorsque les anciens de l'*Awa,* la société des masques, vous ont regroupé pour la traditionnelle retraite, en brousse, avant d'être circoncis. Un moment douloureux que chacun affronte avec courage puisqu'il est nécessaire. Regroupés dans la maison du bord de la falaise, vous avez tout partagé, les soins, la nourriture, les moments d'inquiétude et la joie d'appartenir au même *tùmo,* pour la vie...

Yatigué posa la voix, comme pour laisser à son fils le temps de se souvenir, d'apprécier... Puis, elle reprit :

— Souviens-toi, lorsque crânes rasés, vêtus de nouveaux habits, guidés par vos anciens, vous êtes allés chanter au marché en secouant, en rythme, les sistres que vous aviez confectionnés en brousse. Ce sont toutes les femmes, toutes les mères, qui vous ont accueillis, fêtés, récompensés par des beignets, des fruits, des arachides. Je suis sûre que tu n'as pas oublié. Les garçons en ressortent finalement, courageux, grandis et fiers d'être des hommes.

Atimé n'éprouva pas le besoin de contredire sa mère. Il se sentait plutôt d'accord :

— Mais, *nà Yatigué*, maman Yatigué, peux-tu me parler de l'excision à laquelle les filles sont soumises dès leur plus jeune âge ?

— Bon, il faut dire d'abord que, depuis le début du monde, en naissant, chacun porte sur lui un peu de l'autre sexe. S'il n'était pas supprimé, il pourrait entraîner des relations contre nature, équivoques. Hommes et femmes ont toujours souhaité éviter cela. C'est pour cette raison que le clitoris doit être enlevé à la femme, dès son plus jeune âge. Je vois que cela te trouble, mais je peux t'assurer que ce n'est pas pour faire du mal aux fillettes. C'est une opération nécessaire à laquelle toutes les femmes ont été soumises. C'est aussi la préparation au devoir d'enfantement. Les exciseuses qui sont des grands-mères, ont l'habitude et procèdent de leur mieux. Chaque mère soutient sa fille et lui apporte les soins les plus appropriés pour que la cicatrisation se fasse le mieux possible. Pour les fillettes, c'est très douloureux, mais les mères les encouragent et s'emploient à calmer la douleur avec les médications utilisées depuis toujours. C'est avec le temps et les bons esprits que revient progressivement le calme, même si, pour certaines, la guérison est beaucoup plus lente...

Sa voix se posa, puis Yatigué se tut. Son regard, baissant d'intensité, semblait figé en direction de la plaine qui se laissait draper dans un voile brumeux annonçant la fin du jour... Atimé avait l'intuition que Yatigué laissait aller sa réflexion sur la condition faite aux femmes et qu'elle était, finalement, submergée par le poids des esprits, des hommes et des traditions rituelles remontant à la nuit des temps.

Atimé, croisant le regard de sa mère, lui demanda, lentement, en choisissant ses mots pour ne pas la choquer ou la perturber davantage avec ce problème difficile dont les hommes ne s'occupent habituellement pas :

— Mais, *nà Yatigué,* est-ce vrai que certaines fillettes meurent des suites de l'excision ? Est-il exact que certaines femmes en conservent des séquelles, plus ou moins lourdes, toute leur vie, les empêchant même, parfois, d'enfanter ?

Pendant ce moment d'intense émotion entre une mère courageuse mais finalement fataliste et son fils soucieux de faire la part des choses, Yatigué ne put qu'acquiescer, longuement, en hochant la tête de façon répétée, le regard baissé, empli de compassion, où la résignation semblait poindre.

Il était largement l'heure de rejoindre la *ginna*... La discussion exceptionnellement ouverte allait marquer leur vie, leur intimité, leur proximité. N'avaient-ils pas, quelque part, la sensation partagée d'avoir, ensemble, ébréché le mur de la certitude des traditions ancestrales... ?

Goudioutourou

Au retour du marché de Sangha où Atimé avait accompagné son père, ils avaient cheminé jusqu'à Dini avec Amadou, le père de Yapérou, sa jeune épouse, qui les invita à faire une halte pour saluer sa famille. Les pluies de l'hivernage étaient alors particulièrement intenses. Profitant d'une accalmie, ils prirent place, dans la cour de la *ginna*, sur les tabourets hors d'âge, aux sculptures traditionnelles harmonieuses, patinées par le temps et l'usage. Quelques poignées d'arachides et deux ou trois calebasses de *koñio* avaient très vite rappelé les liens amicaux rapprochant les deux familles depuis plusieurs générations, et qui avaient finalement conduit à unir deux de leurs enfants, Atimé et Yapérou. Amadou ne cachait jamais qu'il portait Atimé en grande estime.

La vue directe sur le couchant bénéficiait, ce jour-là, comme chaque année, du spectacle mouvant, sans cesse renouvelé, des nuages lourds et gonflés jusqu'à la déchirure, que les éclairs tranchants éventrent violemment. C'est le moment béni et redouté à la fois où les flots célestes peuvent, à tout instant, se déverser en cataractes parfois dévastatrices, apportant à la terre l'eau et la vie, l'humidité et la fertilité. La violence des pluies arrête alors, à chaque orage, toute activité, poussant hommes, femmes et enfants à se blottir dans les *ginna*, en attendant la prochaine accalmie.

Au hasard de la discussion, Amadou indiqua qu'il avait rencontré Amahinguéré, le tisserand de Goudioutourou. Du même âge qu'Atanou, il n'était pas venu à Sangha depuis fort longtemps, mais ses bandes de coton étaient toujours particulièrement recherchées pour leur qualité. À cette évocation, ressurgirent, subitement, pour Atanou et Atimé, un flot intense de souvenirs où se mêlaient des liens familiaux chaleureux, dans un décor singulier que le destin avait cruellement interrompu. Atanou expliqua simplement à Amadou :

— Yatigué, la mère d'Atimé, avait toujours eu une affection particulière pour Binta, sa sœur aînée, unique épouse d'Amahinguéré, le cultivateur et tisserand que tu connais. Ainsi, pendant de nombreuses années, nous avions l'habitude, accompagnés de nos trois garçons, de leur rendre visite lorsque les récoltes terminées permettaient enfin quelques jours d'absence.

Après un silence prolongé qui laissait quelque peu paraître son émotion, Atanou reprit :

— Un matin du mois de mai, alors qu'Atimé allait avoir dix-sept ans, le jeune fils du chef du village de Goudioutourou avait été chargé de nous apporter une douloureuse nouvelle. Binta allait mettre au monde son cinquième enfant. Même si, les derniers mois, elle avait de plus en plus de mal à supporter sa grossesse, chacun espérait un bébé aussi animé et robuste que ses frères et sœurs. Finalement, les difficultés s'étaient précipitées et Binta avait rendu son dernier souffle avant d'avoir donné le jour à son dernier bébé. Ce drame familial affecta durablement sa sœur Yatigué, à un point tel qu'elle ne put envisager de revenir à Goudioutourou. J'ai pensé que je devais respecter sa peine. Dix ans se sont passés depuis...

Pour rompre l'embarras évident d'Atanou, Amadou fit tourner à nouveau la calebasse de *koñio*. Devant eux, sous l'effet du soleil couchant, tout finissait par s'embraser : le ciel flamboyant, l'horizon, la terre, la roche, les arbres qui crépitaient au-dessus du marigot. Puis, le temps des dernières salutations, tout se calma comme un foyer essoufflé que les cendres finissent par étouffer, ne laissant subsister que des arbres faméliques.

En regagnant Bongo, de rocher en rocher, les deux hommes convinrent rapidement qu'il appartenait à Atimé de renouer bientôt des liens avec la famille d'Amahinguéré pour combler ces années de silence. Atanou en paraissait soulagé. Dès le plat familial terminé, Atimé attendit que la *ginna* se calme pour s'isoler, fidèle à son habitude, comme chaque fois qu'un sujet le trouble ou accapare sa réflexion. Bientôt, il se retrouvait seul, dans un calme bienfaisant qui tranchait avec l'agitation de la journée, pour faire défiler les souvenirs de son adolescence et, finalement, repartir, par la pensée, à Goudioutourou avec ses parents et ses deux frères...

Il se souvenait qu'au petit jour, chacun était prêt, impatient d'aller partager quelques moments de cette intimité familiale dans un cadre inhabituel qui s'embellissait chaque fois. Passé Gogoli, les mille marches conduisaient rapidement à Banani et à la piste qui s'élance dans la plaine jusqu'à s'effacer dans le sable. Le soleil, commençant son ascension, était à peine chaud mais stimulait l'impatience de chacun. Après trois heures de marche entre baobabs, *balanzans* et dattiers sauvages, les abords de la piste sablonneuse étaient de moins en moins arborés. Seuls quelques *pobù*, les arbres à soie, arrivaient à pousser, de loin en loin. D'énormes termitières empiétaient régulièrement le passage, comme autant de jalons bornant le chemin parcouru. Après le village de Bono, la chaleur se faisait plus intense, les pas devenaient plus lourds. Les *korumo*, ces chardons agressifs de la plaine que chacun connaît sous le nom de *cramcram*, de plus en plus nombreux, mordaient régulièrement les pieds des enfants.

Enfin, à l'horizon voilé par le contre-jour du soleil de plus en plus rayonnant, un village apparaissait lentement, comme un mirage vaporeux. C'était chaque fois le même émerveillement ravivé par l'impatience. Puis, les contours se précisaient, les maisons en quinconces alternant avec les greniers coiffés de leurs chapeaux de paille. La réalité se révélait enfin avec les animaux paissant méticuleusement à la recherche de quelques pousses encore vertes, puis avec les enfants qui courraient à leur rencontre en riant, délaissant leurs jouets improvisés. Les villageois s'accordaient alors une pause pour souhaiter la bienvenue et échanger leurs salutations alternées, sans cesse renouvelées. Les femmes, toujours un peu en retrait, se libéraient de leur charge, se rafraîchissaient le visage d'un revers de main, réajustaient leur pagne et offraient généreusement leurs sourires lumineux.

Binta, qui avait entendu une animation inhabituelle, attendait à l'entrée de la *ginna*. Amahinguéré, son mari, de retour des champs s'empressait de manifester son plaisir d'accueillir la famille. Après avoir échangé rapidement des nouvelles des uns et des autres, tout en se désaltérant au canari familial, Atanou réservait invariablement sa première visite, sans plus attendre, à Kéné, le chef de village, grand ami de la famille. Atimé, fils aîné était souvent autorisé à l'accompagner. Comme à chaque fois, s'enchaînaient les échanges de respects et de salutations. Quelques tabourets prestement offerts et un panier tressé, à bord circulaire sur fond carré, regorgeant d'arachides cultivées par la famille, rapprochaient adultes et enfants en guise de bienvenue. Une calebasse largement fissurée dont les coutures se chevauchaient comme des cicatrices, emplie de bière de mil, faite la veille, portait de bouche en bouche sa fraîcheur acidulée. Alors, à l'ombre du *nim* au feuillage vaporeux, plusieurs fois centenaire, étaient échangées, comme en écho, quelques nouvelles communautaires, sans oublier les soucis du moment, vécus comme des fatalités : récolte de mil insuffisante pour les uns, mévente des oignons pour les autres. Mais, au-delà des difficultés, s'annonçaient toujours des jours meilleurs.

Puis, Amahinguéré, le mari de Binta, venait saluer le chef de village et, après quelques échanges d'amabilités diverses, conduisait ses invités chez lui, avec un plaisir évident. En entrant dans la *ginna*, Atimé était toujours émerveillé par l'importance de la cour familiale, dix fois plus grande que celle des villages du plateau, et son agencement. Vaste, soigneusement rangé et entretenu, ce décor parfaitement organisé répartissait avec beaucoup d'ingéniosité les différentes activités. Accueilli affectueusement par tous, Atimé en connaissait tous les détails et le domaine réservé à chaque membre de la famille. En face de l'entrée, adossé au mur d'enceinte, un toit largement couvert de branches et de côtes de mil, perché sur de vieux troncs sculptés de motifs traditionnels, abritait un appentis de vingt à vingt-cinq pas. Y étaient constamment maintenus à l'abri, deux boucs noir et blanc aux cornes agressives, attachés à des piquets façonnés avec art. Avec ses yeux d'enfant, Atimé voyait dans leur barbe pointue un signe de sagesse et de sérénité qui lui imposait de rester à distance raisonnable. Quelques poulets, moins impressionnés, picoraient paisiblement entre leurs pattes et deux auges de bois attendaient une nourriture distribuée quotidiennement.

Prolongeant l'abri des animaux, un toit couvert de paille, appuyé sur un poteau central robuste et soigneusement ouvragé comme un pilier de *togùna*, abritait quelques outils agraires rudimentaires à côté d'une charrue à deux socs et s'étirait de cinq ou six pas pour apporter un peu de fraîcheur à l'entrée de la maison d'Amahinguéré, le chef de famille. Commençait là sa chambre, son domaine privé. Sous l'abri, quatre branches noueuses, choisies et mises en place depuis longtemps, solidement fixées au sol, et une grosse pierre cubique, tenant lieu de siège, attendaient que le tisserand installe son métier.

À gauche, tournant le dos au soleil de midi, le grenier féminin où Binta, comme toutes les femmes, y rangeait soigneusement les condiments, ses effets personnels et ses petits secrets. Atimé avait toujours été sensible à ce côté mystérieux que chacun respectait puisque nul, ni homme, ni enfant *dogon*, ne pouvait se permettre d'y entrer. Près du grenier, bâtie en banco, soigneusement couverte de planches sommairement ébauchées, la cuisine, au foyer presque toujours actif, assurait quotidiennement le *tô* familial. C'était ici qu'Atimé, enfant, avait découvert les premiers *kero-kero*, ces friandises à base d'arachides écrasées, grillées et de sucre caramélisé. Il en est toujours resté gourmand. Sur l'avant ombragé de la cuisine trônaient d'énormes jarres d'eau et quelques chaudrons noircis pour avoir tant servi. Recouvrant l'une d'elles, un tamis tressé en paille de *fonio* était réservé à la préparation de la bouillie de mil des enfants.

Tout à côté, bien abritée de la poussière, une meule de pierre était toujours prête pour qu'une femme, à genoux, pousse, de ses deux mains, pour une préparation particulièrement fine, une pierre polie depuis des lunes. Près de l'entrée, à droite, soigneusement protégé du soleil, l'accès de la chambre de Binta était souligné, au sol, par deux grandes nattes attentivement dépoussiérées, quelques effets personnels usagés, trois jarres ventrues et deux balais en *kérugoy*, cette paille sauvage si résistante.

Atimé avait beau essayer de suivre les discussions des adultes, il ne pouvait s'empêcher de comparer la taille réduite des cours des *ginna* de Bongo et leur manque d'organisation, aux dimensions généreuses de celles de la plaine, où chaque chose est à sa place. Mais, la maison d'Amahinguéré n'était-elle pas exceptionnelle ?

Sous le *nim* à la taille impressionnante, la vingtaine de tabourets, tous plus ouvragés les uns que les autres, témoignait de la qualité de l'accueil et de la fréquence des visiteurs. À droite, menant à la chambre du fils aîné, un passage ombragé longeait un poteau sculpté en Y où étaient rangés les *daba*, pioches, haches et autres outils courants, aux formes immuables, aussi traditionnels les uns que les autres. Judicieusement réparties et discrètes, trois latrines avec leur « coin toilette » témoignaient de l'attention portée ici à l'hygiène de chacun. Atimé avait du mal à comprendre pourquoi il n'en était pas ainsi chez lui, à Bongo. Çà et là, les *bilù*, échelles *dogon* taillées en escalier dans un tronc choisi pour sa solidité, permettaient d'exposer au soleil, sur le toit des maisons, diverses récoltes en fin de séchage.

La famille du jeune frère d'Amahinguéré occupait une autre concession, tout à côté, dominée par trois greniers mâles parfaitement entretenus, où les récoltes de mil étaient stockées avec le plus grand soin. Pour s'y rendre, s'ouvrait dans le mur de clôture une énorme porte sculptée avec beaucoup de profondeur, dans la plus pure tradition, encadrée par un portique en banco, témoignage de la qualité et du courage de cette famille. Près de l'entrée, le porche abritait quelques précieux cordages en fibres de baobab, une outre ventrue pour puiser l'eau et quelques effets usagés. À même le sol, un plateau en banco surélevé d'une demi-coudée n'était autre qu'un lit d'extérieur où, lors des nuits trop chaudes, chacun pouvait dormir sur une natte coiffée d'une moustiquaire tendue en diagonale et arrimée à deux piquets de bois finement travaillés. Atimé se souvenait avec émotion et nostalgie des nuits inoubliables qu'il avait passées ici, aux côtés d'Amahinguéré. Blotti sous quelque cotonnade fanée dont l'usage premier était oublié, il écoutait son oncle lui conter avec mystère des histoires d'animaux connus ou imaginaires, rivalisant de ruse, de force ou d'agilité, se lançant des défis sans cesse dépassés...

Au sud du village, sur deux vieux *balanzans*, les nombreuses branches desséchées alternaient encore avec quelques rameaux de verdure. Une douzaine de nids de *sacamaù* y étaient accrochés en d'énormes grappes hirsutes comme des fagots d'épineux. Les villageois n'en étaient pas peu fiers et se plaisaient à rappeler que ces oiseaux ne font nid près d'un village que si la vérité y règne... Depuis toujours, ces oiseaux noirs et agités contribuent, à leur façon, à la sérénité ambiante. À l'entrée de l'hiver, alors que la récolte de mil a rempli les greniers ou finit de sécher sur le toit des maisons, les petits piaillent jusqu'à la fin du jour pour se calmer en début de nuit, lorsque cessent les derniers bruits du village. Alors, si quelqu'un vient à passer sur le chemin ou dans le champ voisin, les *sacamaù* signalent aussitôt ce déplacement qu'ils perçoivent comme anormal. C'est alors un concert assourdissant de cris et de piaillements jusqu'à ce que toute présence insolite ait disparu. Comme une cohorte vigilante et rigoureuse, gardienne du village et de sa quiétude. Ces oiseaux ne sont pas connus sur la falaise.

C'est là, le matin, lorsque le soleil était déjà haut, qu'Atimé, adolescent, quittant la famille, aimait à s'accorder un moment de solitude, de méditation. Il s'asseyait au pied de l'un des *balanzans* sur quelques côtes de mil rassemblées soigneusement. Près de là, un des vieux puits traditionnels ouvrait sa gueule édentée, avec ses mâchoires en troncs de *pelù*, le *caïlcédrat* imputrescible, lacérées de toutes parts par le frottement journalier des cordes tirées énergiquement, inlassablement, par les femmes en quête de l'eau nécessaire aux besoins quotidiens et aux usages les plus divers pour toute la famille. Dans les champs voisins, le mil avait été récolté, laissant les côtes desséchées, écrasées sous les pas des vaches et des moutons allant à la pâture. En bordure, quelques dattiers sauvages aux épines effilées, acérées et agressives, rappelaient aux passants que la vie est âpre et difficile. Au-delà, la plaine s'alanguissait entre deux ondulations sablonneuses où s'accrochaient quelques arbustes rabougris et tourmentés par la chaleur.

Le village tout proche, largement installé sur le sol sablonneux, comme toujours dans la plaine, était fort différent des villages du plateau *dogon*. Sur le côté sud, un alignement quasi parfait de maisons sans ouverture, dressé comme un rempart face au soleil, ne laissait que quelques passages étroits. Seules les gouttières des terrasses s'avançaient largement au-dessus des façades où leur ombre portée accompagnait le temps qui passe, comme autant de cadrans solaires installés depuis toujours. Ici, une haie de branches mortes et de côtes de mil terminait la clôture d'une *ginna*. Là, une grappe de greniers parfaitement chapeautés laissait entrevoir, plus au fond, le toit imposant de la *togùna*, l'indispensable case à palabres. Pour couronner le tout, comme pour adoucir ce décor brûlé, les *nims*, au feuillage souple et ondoyant, s'étiraient et s'agitaient aux moindres souffles d'un vent déjà chaud.

En pensant à Goudioutourou, un autre souvenir lui revenait inévitablement en mémoire. Chaque matin, dès que les premiers rayons du soleil inondaient la plaine d'une lumière pure, Atimé aimait à partir avec Sidiki et Souleymane, deux des enfants qui étaient sensiblement de son âge. Aussitôt, ils remontaient lentement la dune sablonneuse qui, à cinq ou six cents pas vers le nord, domine le village. D'abord, Atimé avait besoin de se rassurer, se tranquilliser. De cette ligne de crête, il apercevait la falaise qu'il avait finalement du mal à quitter. Invariablement, son regard suivait avec attention cette immense barrière rocheuse, lentement, vers la gauche puis vers la droite, plusieurs fois, espérant toujours apercevoir l'une ou l'autre de ses extrémités. En vain... Invariablement, en prenant ses deux compagnons de jeu à témoin, il se promettait que, quand il serait un homme, il parcourrait la falaise d'un bout à l'autre. Puisqu'elle doit bien mener vers d'autres pays que le sien, il irait à la rencontre de gens différents qui parlent une autre langue. Comment bâtissent-ils leurs maisons, que mangent-ils, y a-t-il une rivière... Et son esprit s'envolait, commençait à tracer le chemin.

Autre souvenir fort dans la mémoire d'Atimé, la découverte d'un village peul l'avait impressionné. Il se souvenait qu'Amahinguéré, comme de nombreux Dogons, confiait plusieurs zébus à des Peuls qui se chargeaient de les élever et de restituer au propriétaire le produit de la vente des veaux. Or les hommes peuls allaient bientôt quitter le village pour diriger les troupeaux vers des contrées où la sécheresse n'est pas aussi rigoureuse. Amahinguéré avait besoin de leur rendre visite pour faire le point de leurs affaires. Au petit matin, il attela une paire de bœufs à la lourde charrette, invita Atanou à le suivre, accompagné par les trois enfants qui avaient instantanément répondu présents à l'invitation, Souleymane, le fils aîné d'Amahinguéré, Atimé et son frère Adiouro, d'un an plus jeune que lui... Tous assis sur le bord du plateau, les jambes pendantes, l'avant étant naturellement réservé aux deux hommes, la piste qui part vers l'est alimentait les conversations des enfants.

Après plus de deux heures de cheminement, au rythme lent mais régulier des animaux, ils arrivaient en vue de Bombou. Une révélation pour Atimé. De l'autre côté de la piste qui s'étire vers Koro, dans cette plaine où rien ne paraît pouvoir pousser, il avait fallu contourner un énorme troupeau de zébus regroupés à proximité d'un marigot imposant. Apparaissaient alors plusieurs grappes de cases se voisinant sans ordre apparent, toutes perchées sur de vieux troncs biscornus, rondes et basses, la plupart construites en terre et branchages et chapeautées d'un toit de paille.

Le chef de village, âgé mais étonnamment grand, svelte et élégant dans sa longue tunique bleue, attendait, immobile, à l'entrée de sa case, en compagnie d'un homme plus jeune, lui aussi tout de bleu vêtu, qui pouvait être son fils. Visage fin prolongé par une petite barbiche blanche, la sérénité de cet homme contrastait fortement avec le décor austère de ces lieux de solitude. Pendant les salutations, Atimé avait compris que son oncle semblait parler le peul sans trop de difficultés. Puis le chef fit l'honneur à Amahinguéré et Atanou de les recevoir dans sa case. Ronde et isolée du sol comme les autres, elle n'était faite que de branchages et de côtes de mil mais, pour le peu qui était visible de l'extérieur, les nombreuses nattes au sol donnaient une impression de grand confort.

Resté à proximité de la case, Atimé n'en finissait pas de découvrir ces lieux insolites, d'autant plus austères que, poussée par l'harmattan, la poussière de sable giflait le visage et agressait les yeux. Immobiles sur le pas de leurs cases, femmes et enfants regroupés, les familles voisines, silencieuses, suivaient d'un regard interrogateur la présence des visiteurs. Seule touche de couleur, les femmes et les jeunes filles étaient abondamment parées de nombreux bijoux dorés et éclatants. Les hommes, parlant à voix basse, se déplaçaient lentement vers l'immense fromager, arbre à palabres du village à défaut de *togùna*. Dès lors, Atimé avait compris que, pour ces Peuls isolés et distants, la plaine sablonneuse qui s'étire à perte de vue, balayée par le vent et sans âme qui vive, n'était là que pour conserver intacte leur passion indéfectible de liberté.

Lorsque Amahinguéré et Atanou avaient pris congé du chef de village pour rejoindre la charrette, ils avaient confié un vieux bidon métallique, noirci depuis toujours, aux enfants qui comprirent que, le soir, exceptionnellement, toute la famille allait boire du lait. Alors, Atimé avait réalisé aussitôt qu'il n'en avait jamais bu ailleurs qu'à Goudioutourou...

Finalement, les souvenirs d'Atimé s'arrêtaient brusquement, douloureusement, lorsque le fils du chef de village était accouru à Bongo pour annoncer que Binta venait de perdre la vie. Très affectés par cette fatalité, Atanou et Yatigué étaient partis aussitôt pour Goudioutourou. Amahinguéré, désemparé, leur avait appris que tout avait marché très vite. La matrone avait dû rejoindre précipitamment Binta qui avait perdu connaissance à deux reprises. Son cœur battait de plus en plus vite, aussi fort qu'un tambour, avant de ralentir brusquement et faire perdre à Binta toutes les forces de son corps. Son ventre rond n'était plus agité qu'irrégulièrement par les soubresauts du bébé attendu. Au petit matin, après une nuit de souffrances et d'agitation pour son corps de plus en plus faible, Binta perdit les eaux prématurément sans que la matrone, qui ne l'avait pas quittée un seul instant, puisse intervenir ou interpréter les difficultés d'un accouchement qui s'annonçait mal. Binta n'avait simplement pu boire que quelques médications prescrites en pareil cas, mais son état de faiblesse ne faisait qu'empirer. La nuit allait envahir la plaine lorsque Binta perdit à nouveau connaissance, s'agita convulsivement et, après un dernier sursaut, s'affaissa définitivement sur sa couche, sans avoir pu donner le jour à son dernier bébé.

Impuissant, Amahinguéré était anéanti. Sa femme était morte en couches, emportant avec elle l'espoir d'un nouvel enfant. Un drame familial qui allait tout changer. Selon la tradition, sa responsabilité personnelle d'homme *dogon* était atteinte et devait être expiée tel que le veut la coutume. Les vieux sauraient le raisonner et lui donner le courage d'aller retrouver, en brousse, son honneur perdu...

Subitement, Atimé frissonnait. Le froid et le ciel menaçant qui cachaient la lune l'avaient sorti de sa rêverie au moment où sa famille avait vécu un cauchemar... Avant d'aller s'étendre pour passer une nuit qui s'annonçait courte avec un sommeil sûrement perturbé, Atimé décida, comme il l'avait promis à son père en rentrant du marché, d'aller prochainement à Goudioutourou, avec sa jeune famille, pour renouveler à Amahinguéré et ses enfants l'affection qu'il leur a toujours portée...

Gogoli et la Ya Silè

À l'approche des pluies de l'hivernage, la roche, brûlée par le soleil, ne parvient plus qu'à perdre quelques degrés pendant la nuit qui n'apporte pas cette pause dont le corps a besoin. Malgré l'épaisseur du banco, les *ginna* restent surchauffées. L'absence de vent rend l'air irrespirable et le sommeil aléatoire. Atimé a préféré passer quelques heures à sommeiller dans la cour, étendu sur un pagne décoloré. Mais, la lune, presque ronde, inonde Bongo, silencieux, d'une lumière soutenue. Atimé n'a plus sommeil et laisse libre cours à ses réflexions, à ses pensées les plus intimes...

Jetant le pagne sur l'épaule, profitant du clair de lune, il se lève, se faufile dans les coursives déformées par l'ombre des maisons, pour se diriger vers le village de Gogoli qui jouxte Bongo. Il en évite les premières maisons par la gauche et, à flanc de falaise, se glisse vers *Yo Komo*, la grotte où il y a toujours de l'eau. Le lieu lui est familier, apaisant. La lune projette sur l'eau limpide de la vasque rocheuse naturelle, l'ombre d'une branche qui déborde de l'immense manguier enraciné, depuis toujours, près de l'entrée de la grotte.

Près de la source où l'eau suinte de la falaise sans le moindre bruit, Atimé, un genou à terre, se rafraîchit le visage et le cou, à deux mains, comme pour puiser dans cette eau rare la force vitale que la chaleur lui a gommée. Après avoir soigneusement plié plusieurs fois son pagne sur la roche, il s'assied face à l'immense plaine ocre qui se prolonge à l'infini. C'est là que, bientôt, viendront poindre les premières lueurs du jour, avant que la lumière n'accoure et vienne éclabousser la falaise immuable.

Même s'il en connaît parfaitement, depuis toujours, les moindres détails, *Yo Komo* reste pour Atimé un endroit mystérieux qui a marqué sa vie. Adossé à la paroi rocheuse, il se souvient, une nouvelle fois, avec la même émotion…

Il venait d'avoir trente ans. Chacun se préparait à l'hivernage. Les crépis de banco, réparés comme chaque année, consolidés par le soleil brûlant, pouvaient affronter les orages. Chaque famille espérait les premières pluies avec impatience pour semer le mil dans les meilleures conditions. Pour tous, depuis toujours, la germination de chaque graine et le développement de chaque pied ne dépendent que des caprices imprévisibles de la nature contre lesquels l'homme seul ne peut rien. Mais, les astres et les esprits peuvent veiller jusqu'à la récolte et écarter les actions maléfiques des génies malfaisants, pour peu qu'on les invoque et qu'on sollicite leur aide.

Cette année-là, comme un heureux présage toujours très remarqué, une pluie aussi légère que de courte durée avait lavé les fleurs des manguiers et promettait ainsi une bonne récolte. C'était un heureux présage. La fête rituelle du *bùlo* destinée à implorer les ancêtres pour des cultures prospères était lancée depuis deux jours. Chez le plus vieux du village, chaque chef de famille avait apporté un poulet ou un mouton. Toutes les bêtes avaient été sacrifiées pour les bénédictions du village. Les vieux sages avaient pu manger de la viande le lendemain. Dans toutes les familles, les chefs de *ginna* avaient ressenti la nécessité de faire couler le sang du sacrifice nécessaire au renouvellement du *nyama*, la force vitale qui anime toute chose. Les récoltes en ont bien besoin. Les jeunes avaient peint, sur la façade des maisons, un serpent *lébé*, un margouillat, ou tout autre animal signe de prospérité. Un poulet de belle taille y avait été consacré, comme en témoignaient les traînées brunes et indélébiles sur l'autel sacrificiel familial.

Les familles amies des villages voisins s'étaient mutuellement invitées à partager le repas arrosé de bière de mil et se souhaiter des bénédictions pour la santé, pour la vie, en implorant les ancêtres pour une bonne récolte. Même les enfants avaient bénéficié d'un peu de *koñio* et des bénédictions de tous.

Arrivait le dernier jour du *bùlo* où les jeunes étaient autorisés à lancer la fête, pour des danses et des chants qui allaient regrouper tous les villageois.

À cette occasion, Atimé était invité à Gogoli par ses amis qu'il aimait retrouver dès que l'occasion le justifiait. Ses connaissances traditionnelles y étaient reconnues, ses talents de danseur recherchés. Il aimait à y arriver tôt, dès le moment des premiers préparatifs par les animateurs habituels. Une occasion opportune pour échanger quelques nouvelles touchant à la vie des familles comme aux évènements communautaires. D'autant que sa présence et ses conseils, judicieux et mesurés, étaient fort appréciés.

Gogoli se préparait à une soirée festive pour tous les villageois. Dans la plupart des familles, comme à chaque fête rituelle importante, le *tô* quasi quotidien avait été remplacé par un plat de riz relevé par une sauce inhabituelle. Très vite, la place du village commençait à s'animer par les cris et les rires des enfants accourus des *ginna*, qui chahutaient déjà avec beaucoup d'allant, pensant, peut-être, aux futures joutes d'*adjori*, la lutte traditionnelle *dogon* que les Bambaras appellent *kinta*, auxquelles ils ne manqueraient pas de participer en grandissant.

Progressivement, les musiciens habituels, toujours aussi complices, arrivaient, leurs précieux instruments sous le bras. À chaque fois, la vue des divers tambours rappelait à Atimé les longues explications d'Atanou, toujours père et animateur à la fois :

— Atimé, n'oublie jamais que le tambour d'aisselle est le premier, donc le plus important de tous. C'est le *Nommo* suprême, le premier des ancêtres qui l'a imaginé, avec ses deux peaux de chèvre aux deux extrémités d'un corps de bois creux, tendues par les lanières de cuir que le musicien serre et tend librement sous son bras pour obtenir les différentes tonalités propres au rythme de chaque danse. Les peaux sont les mains du *Nommo* qu'il s'applique sur les oreilles pour mieux entendre. Jouer en percutant les peaux, c'est entrer en relation avec le *Nommo* et, comme en écho, c'est le *Nommo* qui s'exprime aujourd'hui. À chaque percussion, le son va et vient d'une peau à l'autre, comme la navette du métier à tisser conduit le fil de la parole révélée aux hommes. Suivant l'exemple du *Nommo* suprême, les huit ancêtres et leurs familles ont su réaliser des tambours différents pour exprimer les différentes formes de la parole qui ont conduit, progressivement, aux différents langages que nous connaissons aujourd'hui chez les Dogons. C'est ainsi qu'ont été créés des tambours particuliers par leur forme, la matière utilisée, l'importance des peaux, les jeux de cordages... Atanou était intarissable, passionné, passionnant...

À Gogoli, ce soir-là, s'ajoutant aux deux tambours d'aisselle toujours présents, le troisième tambour présentait une superbe peau tendue sur une grande calebasse ronde comme un ventre de femme. À ceux et celles qui savent l'écouter, il peut même évoquer les plaintes de la parturition. Le quatrième tambour avait la plus grande caisse de tous, ample comme le corps d'une vache ; entre des mains expertes, ses grands roulements sont sans cesse prolongés et renouvelés. S'y ajoutait, pour un soir, un *djembé* aux sonorités inhabituelles à Gogoli. Un jeune du village travaillant à Bamako était revenu, pour quelques semaines, dans sa famille.

La place s'était progressivement remplie et grouillait d'une animation colorée au fur et à mesure que les villageois avaient pu se libérer des dernières tâches quotidiennes qui ne s'arrêtent qu'après la tombée de la nuit. Les hommes, par petits groupes, terminaient sur la place les discussions commencées dans les coursives du village, au sortir des concessions. Les femmes, ultimes besognes ménagères enfin terminées, avaient su faire disparaître les traces de fatigue quotidienne et se métamorphoser en quelques instants : nettes, souriantes, gaies, dans leurs robes ou pagnes colorés, portés avec une facilité proche de la distinction.

En quelques mots des animateurs habituels, tous s'étaient répartis, sur plusieurs rangs, autour d'un cercle imaginaire dont seule la tradition a défini le contour, d'au moins quarante coudées de diamètre, et réservé aux évolutions des danseurs. Tout au long de la soirée, comme toujours, un adulte jovial mais respecté, toujours le même, ne manquerait pas de faire reculer régulièrement les villageois, et particulièrement les enfants, feignant de les frapper de sa canne, chacun simulant la peur avant de laisser apparaître sa complicité pour ce rite maintes fois répété. La danse ne pouvait commencer avant que deux villageois, une demi-calebasse à la hanche, n'aient largement mouillé le sable, à pleines mains, à la volée. Même si les Dogons ont l'habitude de la poussière...

Un des animateurs, diseur et maître de cérémonie à la fois, sa main arrondie autour de la bouche en guise de porte-voix, avait rappelé, comme à chaque fois, le sens des rituels de la journée, pour satisfaire les exigences des anciens, pour remercier chaque famille, pour transmettre progressivement la connaissance aux enfants. Dès que les tambours avaient commencé à gronder, rouler, scander, les danseurs avaient jailli sur la piste. Les jeunes femmes, les premières, avaient, comme toujours, redonné à tous les rythmes, gestes et mouvements répétés depuis des générations. Les *perùsaï*, chants et danses populaires, leur étaient familiers... Deux à deux, côte à côte, les bras tendus à l'horizontale, foulards multicolores en main, sifflets accompagnant le rythme, leurs pas chassés, alternés, rapides, étaient amplifiés par un déhanchement harmonieux, chaque passage se concluant par le traditionnel salut aux musiciens, avant de confier les foulards à ceux et celles qui voulaient bien entrer dans la danse.

De temps à autre, un enfant, enhardi par un rythme familier, se lançait à danser, seul, jusqu'au milieu de la piste. Comme elles le font pour les grands, les femmes l'encourageaient, accroupies, la tête inclinée sur le côté, les mains frappant au rythme des percussions. Elles n'avaient d'yeux que pour lui. Comme si c'était le leur.

Puis, progressivement les hommes entraient dans la danse. Les couples d'un instant s'élançaient face aux musiciens, côte à côte, attentifs aux mêmes rythmes connus par tous, depuis toujours. À chaque pas chassé, les jambes semblaient se dérober, pendant que les épaules se balançaient, sans cesse, à droite, puis à gauche, alors que, sur le même rythme, chaque main touchait le coude opposé, en signe de prière. Bien en rythme, les danseurs surveillaient leur progression effrénée jusqu'aux musiciens qu'ils remerciaient, en s'inclinant vivement, avant de s'écarter dans un grand éclat de rire.

La nuit était bien avancée mais, à l'aplomb de la falaise, la lune, attentive, veillait généreusement en exposant sa lumineuse rondeur.

Atimé avait croisé, une nouvelle fois, le regard de Yassagou, souvent présente à Gogoli, au moins depuis le précédent hivernage, chaque fois que sa tante Awa, épouse du chef de village, l'invitait à partager avec les siens les fêtes familiales et les évènements forts de la vie communautaire. Ses amis y étaient donc nombreux à apprécier à la fois la joie de vivre, le dynamisme et le rayonnement de cette jeune femme visiblement évoluée : un port de tête élégant ponctué avec bonheur par quelques parures originales, un visage très pur au regard animé et direct, un corps parfaitement proportionné, aux formes discrètement soulignées par des habits venus d'ailleurs.

Atimé l'avait déjà rencontrée quelques fois, non sans remarquer sa beauté et sa prestance. Pourquoi, pendant cette soirée, son attention était-elle captivée et troublée par une émotion renouvelée… ? Atimé ne la quittait pas des yeux. Son regard s'attardait sur sa silhouette élancée, sur son visage serein, lumineux, sur la cambrure de ses reins.

Lorsqu'elle dansait, ses pas précis rendaient encore plus évident l'équilibre harmonieux de son corps. En s'inclinant pour saluer les musiciens, elle paraissait offrir sa danse à qui l'avait suivie, accompagnée. Une nouvelle fois, leurs regards se croisèrent, plus longuement, plus intensément. Puis, elle baissa les yeux. Naturellement, irrésistiblement, ils jaillirent ensemble dans le cercle bruyant des jeunes villageois. Côte à côte, en rythme, tel un ballet parfaitement réglé, ils avançaient lentement vers les musiciens. Les tambours d'aisselle, *djembé* et calebasse ne jouaient plus que pour les vibrations de leurs corps et la frénésie de leurs pas.

Prolongeant son geste ample de salut aux musiciens, Yassagou déposa son foulard dans les mains d'Atimé. En quittant le cercle, leurs mains se joignirent furtivement, intensément, les doigts serrant l'étreinte de l'autre jusqu'à se relâcher sous une douleur violente et partagée.

Près d'eux, autour d'eux, les cris, les exclamations, les *youyous* des femmes, les sifflets se fondaient dans le rythme sans cesse renouvelé des percussions. Préparées spécialement par les villageois pour la soirée, les demi-calebasses de *koño*, indispensables à la fête, avaient généreusement circulé de l'un à l'autre, pour stimuler musiciens et danseurs, accélérer la danse et conforter les rires. Elles avaient même échauffé quelques esprits.

Comme poussés vers un endroit protégé, familier, ils se faufilèrent en contrebas des maisons les plus avancées vers la falaise, partagés entre la crainte indicible d'être aperçus par les villageois, et l'espoir, peut-être déraisonnable, d'être compris et accompagnés d'un regard quasi complice par quelques amis parmi les plus fidèles. Guidés par une lune généreuse, après une halte de quelques instants à la cascade toujours intarissable, leurs pas les conduisirent, à flanc de falaise, sur le sentier sinueux qui serpente entre rochers et éboulis. Ici, l'abri de pierres et de branchages du chasseur de singes. Là, blanchi par la lueur nocturne, l'immense manguier où les singes dorment, sans doute...

Le calme de *Yo Komo* les accueillait. Après la chaleur moite de la place du village, le filet d'eau provenant de la source offrait une fraîcheur sécurisante, apaisante. Là, comme deux enfants, ils ont bu à deux mains, et lavé leur visage des sueurs et des poussières de la danse. Ils se sont mutuellement éclaboussés, avant de s'allonger sur cette dalle rocheuse qui domine la source... Étendu sur la roche, la tête posée dans le creux de la main, la gorge serrée, le torse oppressé, Atimé sentait comme une chaleur étrange l'envahir. Montait en lui une pulsion intense, presque sauvage, qu'il n'avait jusque-là, jamais connue. Il sentait dans cette jeune femme comme une chaleur qui la transformait. Couchée sur le côté, ses bras enveloppant le cou et le haut de la poitrine, comme si elle frissonnait, Yassagou restait silencieuse pour mieux partager le trouble qui les réunissait.

D'une main fébrile, Atimé parcourut son pagne retenu sur ses hanches, ajusté sur ses cuisses galbées. Il le laissa lentement s'ouvrir. Yassagou frémissait. Puis, il découvrit son sexe humide, lentement, longuement. Lorsque leurs corps se réunirent en une étreinte fiévreuse, ils étaient déjà à l'unisson. Très vite, Atimé éprouva des sensations qu'il n'avait jamais connues. Yassagou ne se contentait pas de l'accueillir. Ses reins se cambraient, son bassin s'activait sans cesse, ses cuisses musclées, brûlantes, roulaient et s'étiraient, comme en écho, à chaque pénétration. Leurs deux corps vibraient harmonieusement, intensément, à la recherche d'un équilibre sans cesse plus intense, plus évident, chacun cherchant à prolonger pour l'autre cet instant éblouissant. Yassagou provoquait sa jouissance et partageait son plaisir. Comme par magie, lorsque la respiration rauque et rythmée de Yassagou se prolongea au-delà des sens, Atimé ressentit comme un flot de sang lui envahir la gorge avant d'inonder son visage. Alors, le corps de Yassagou se relâcha soudain, non sans quelques soubresauts, comme si l'épuisement et le bien-être se conjuguaient à l'extrême... Yassagou et Atimé restèrent ainsi longuement, l'un contre l'autre, sans un mot, chacun absorbé, bouleversé, par l'importance du moment.

Comme pour prolonger la magie de l'instant et protéger ce bonheur révélé, Yassagou s'était blottie dans des bras protecteurs, le dos contre le torse sécurisant d'Atimé. Immobiles, silencieux, tous deux regardaient vaguement vers la plaine qui s'assombrissait, sous l'effet de la lune glissant progressivement, sur le plateau de grès, vers Bandiagara. Yassagou avait l'intuition profonde que sa vie venait de basculer, de s'accélérer. L'esprit d'Atimé était tout à l'idée qu'il avait près de lui une femme si aimante, si différente, qu'il n'avait pu imaginer. Il voulait la connaître, il voulait la garder... Aussi, fût-il le premier à éprouver le besoin de s'exprimer, même s'il avait, semble-t-il, compris certaines choses :

— Je ne sais de toi que ton nom, même si tu es venue plusieurs fois parmi nous, sur la falaise. Je voudrais que tu me parles de toi, que tu me dises d'où tu viens...

Yassagou hésita un moment sous l'effet de l'émotion intense qui l'étreignait, mais elle ne se déroba pas :

— Je suis née, après trois frères, il y a vingt-deux ans, dans un hameau de culture, un peu loin de Yendouma, en avant de la falaise. Je suis donc une *Témé*, nom donné aux habitants issus de Yendouma. Mais, ma mère n'a survécu que quelques jours après ma naissance qui s'était mal passée. En accord avec ma grande famille qui habite toujours à Yendouma, mon père eut la possibilité de me confier à une tante qui habitait à l'entrée de Koro, cette ville que traverse la piste sablonneuse conduisant au Burkina. C'est elle qui m'a élevée comme ma mère l'aurait fait. Je lui dois tout et je la remercie tous les jours pour ce que je suis.

— Mais comment as-tu vécu loin des Dogons de la falaise ? interrogea Atimé.

— Ma tante avait grandi à Yendouma et elle a toujours attaché beaucoup d'importance à me rappeler notre origine, à m'inculquer nos traditions, nos valeurs. C'est important, me disait-elle, pour ton avenir. Elle m'en parlait souvent pour maintenir en moi des liens affectifs forts avec ma famille, même si je ne la voyais que rarement. Seul, les dernières années, mon frère aîné, qui fait du commerce dans toute la plaine, venait souvent séjourner à Koro. Là-bas, la vie y est différente. Tous les gens ne sont pas *dogon*, tous n'ont pas la même culture, la même rigueur des traditions, des rituels, des coutumes... À six ans, j'ai découvert l'école et tout s'est enchaîné avec le second cycle, puis, comme j'étudiais correctement, le lycée. Tout était sur place, dans Koro. C'est une chance d'avoir pu apprendre et ma tante était fière de moi, fière de le faire savoir à ma famille...

Yassagou resta silencieuse un moment, comme si le fil de sa vie s'était rompu. Mais, elle reprit d'elle-même :

— J'allais avoir vingt ans lorsque ma tante me confirma ce qu'elle m'avait annoncé plusieurs fois, avec autant de gentillesse que de conviction :

— Yassagou, tu seras toujours ma fille, mais, femme, ton devoir est de revenir chez les tiens, près de la grande famille, pour leur apporter ce que tu as pu acquérir ici.

— C'est ainsi qu'il y a deux ans, je suis venue découvrir Yendouma et ma propre famille... Quand c'est parfois difficile, je pense à Koro et, surtout, à ma tante et je sais qu'ici, tous n'ont pas eu la chance de grandir auprès d'elle...

Puis, ils restèrent un long moment silencieux. Atimé n'eut pas à poser de question. Il avait compris dans quelles conditions la tolérance de celle qui l'avait élevée avait su préserver une femme authentique. Yassagou lui confirma, plus tard, qu'à Koro nombreuses sont les familles qui décident librement de l'excision et sa tante, loin des siens, avait su ne pas oublier les séquelles qui l'avaient marquée et dépasser, discrètement, les obligations de cette pratique rituelle...

Lorsque Yassagou fit remarquer l'apparition de *yadù tolo*, l'étoile du petit matin, elle frissonna d'émotion : c'était à Gogoli que sa vie de femme venait de se décider. Au lever du jour, lorsque les premières lueurs rougeoyantes naissent à l'horizon et balaient la plaine pour se répandre au pied de la falaise, Atimé savait qu'il avait, près de lui, sa *ya silè*, sa femme aimée, la femme qu'il avait choisie.

Seules quelques semaines seraient nécessaires pour que, respectant la coutume, leurs familles en soient informées et accompagnent Yassagou à Bongo...

Une école à Bongo

Atimé, comme tous ceux de son âge à Bongo et dans les villages voisins, n'a pas connu l'école. Lorsqu'il était enfant, seule, à Ogol Leye, au cœur de Sangha, une école déjà surchargée avait du mal à accueillir les élèves d'Ogol Leye, Ogol Dah, Barou, Anguélé, Sanghui et Dini. De fait, les enfants de Bongo ne pouvaient y être admis. Leurs parents n'y attachaient donc pas une grande importance, aucun d'eux n'ayant été scolarisé.

Le sort des enfants de Bongo et des villages voisins, Gogoli, Diamini Na, Diamini Goura, a changé lorsqu'une association humanitaire française a proposé de construire, avec l'accord des autorités maliennes, une école à Bongo. Ce projet fut accueilli avec beaucoup d'intérêt par les chefs de villages concernés. Sous la *togùna*, ils en ont longuement parlé avec les anciens ainsi qu'avec les chefs de famille largement favorables à ce projet, même si tous ne saisissaient pas forcément très bien l'intérêt de la scolarisation de tous leurs enfants. C'est finalement tout le village qui en parlait. Il fut rapidement décidé de concéder un emplacement suffisamment vaste et accessible pour tous. Ainsi fut retenue cette plate-forme rocheuse qui, à côté de la piste qui vient de Sangha, fait face au village, au niveau de la grotte qui passe sous Bongo. L'association fournissait l'ensemble des matériaux et fournitures nécessaires à la construction et à l'équipement. Elle payait même les maçons que la population de Bongo et des autres villages concernés n'avait plus qu'à nourrir. Il restait seulement à fournir la main-d'œuvre nécessaire pour assister les maçons, pendant tout le chantier. Naturellement, Atimé, à vingt-sept ans, fut parmi les premiers à se porter volontaires, avec un enthousiasme non dissimulé qu'il s'employer à communiquer à nombre de ses amis.

Les récoltes venaient d'être terminées. En quelques jours, les hommes de Bongo et d'autres villages avaient pris l'habitude de se retrouver, chaque matin, pour leur entreprise commune. Tous ceux qui en avaient l'expérience se dispersaient aux environs immédiats, par équipes de trois, pour préparer les milliers de pierres qui étaient nécessaires à la construction, en dur, des deux bâtiments de trois classes qui étaient prévus. Pour éclater les rochers disponibles sur place, ce sont toujours les mêmes gestes mesurés. Le premier homme tient un coin métallique entre les mâchoires d'une pince à long manche, comme celle qu'utilise le forgeron, et le met en position sur la roche. Le second soulève une énorme masse qu'il précipite sur le coin et provoque l'éclatement de la roche. Et ces gestes sont, sans cesse, renouvelés sur tous les blocs trop importants. Le troisième homme retire et met de côté, au fur et à mesure, les pierres qui lui paraissent convenir au maçon. Pour éviter une fatigue excessive, les trois se relayent régulièrement et leur résistance physique leur permet d'être efficaces jusqu'au soir.

En fin de journée, les pierres ainsi préparées étaient apportées aux maçons qui avaient déjà commencé la construction. D'autres hommes passaient inlassablement la journée à tamiser la terre sablonneuse récupérée dans les environs. Mélangée au ciment venu de Bandiagara, elle allait donner un excellent mortier permettant aux maçons de bâtir des murs solides, infiniment plus résistants que le banco d'entretien trop aléatoire. Au fur et à mesure des besoins, une paire de bœufs, attelée à une charrette amenée de Diamini Goura, renouvelait ses allers-retours pour porter l'eau tirée par les femmes au puits situé, en contrebas, au pied du village. C'est ainsi que, grâce au savoir-faire des maçons venus d'Ireli, gros village au bas de la falaise, les deux bâtiments poussaient en même temps. Faute de pouvoir creuser profondément la roche, les fondations avaient l'allure d'une large semelle débordante sur laquelle les murs pouvaient s'appuyer solidement.

Après quatre ou cinq marchés, les murs étaient prêts à recevoir une toiture en tôle, bien arrimée sur des barres métalliques tenant lieu de charpente. Même les pluies les plus fortes n'y pourraient faire aucun dégât. À l'intérieur, sur un lit de pierres de calibres différents, une dalle de ciment avait été coulée pour que le sol, de niveau et solide, laisse espérer une longévité suffisante. Afin que les futurs élèves soient correctement installés pour écouter et écrire, les bancs et les pupitres de bois avaient été fixés sur des piètements solidement bâtis par les maçons. Finalement, portes et fenêtres métalliques avaient été fabriquées par un forgeron de Bandiagara équipé de moyens modernes : tôles épaisses, tubes métalliques, soudures électriques, que l'on ne trouvait pas à Sangha. Des persiennes permettaient le renouvellement continu de l'air et devaient assurer une température supportable malgré les changements de saisons. Devant chaque bâtiment, du côté où ils se font face, une terrasse couverte avait été aménagée pour protéger les enfants devant l'entrée des salles. Dans chaque classe, les maçons les plus adroits avaient crépi un mur, sur toute sa longueur, avec tant de finesse que, recouvert d'ardoisine, une peinture spéciale venue de Mopti, le tableau noir serait ainsi inusable.

Tout était terminé bien avant les pluies de l'hivernage et les villageois n'étaient pas peu fiers de leur école moderne à laquelle leurs enfants allaient avoir accès. Comme l'avaient souhaité les *anasara* qui en avaient permis la construction, les chefs de villages avaient invité la population à se regrouper pour une fête dont chacun se souvient encore, avec fierté, avec émotion. Les représentants de l'association avaient souligné le dynamisme des villageois de Diamini Na, Diamini Goura et Gogoli, sans oublier ceux de Banani qui avaient monté, chaque jour, les mille marches, tous unis à ceux de Bongo. Chaque chef de village avait tenu à exprimer sa reconnaissance à ces bénévoles qui viennent, chaque année, de si loin, pour aider les Dogons et ses bénédictions pour l'espoir immense que faisait naître cette première école pour les générations montantes. Chaque fois sollicité dans les moments importants pour la communauté villageoise, Atanou avait été chargé d'exprimer la satisfaction des familles et, finalement, de lancer la fête pour tous.

La cour et les abords de l'école n'étant pas suffisants, la population occupait tous les rochers alentour. D'autres groupes s'étaient également formés, spontanément, en contrebas, face à la grotte et à Bongo. Il n'avait pas été nécessaire de se concerter pour que vienne, de tous côtés, le *koñio* nécessaire, largement compté. Dans chaque village, les hommes avaient tué des moutons qui, dépecés, cuisaient sur la braise. Par-ci, par-là, de jeunes filles plongeaient les beignets *tomozzo*, à base de haricots dans l'huile de karité brûlante. D'autres utilisaient des graines de sésame ou des arachides pour préparer les mêmes friandises qu'elles vendaient les jours de marché. Ici, des groupes d'hommes partageaient leurs plats de *tô* ou de couscous de fonio, accompagnés de sauces diverses aux feuilles de baobab, à l'oseille, aux poissons séchés, ou au *gombo*. Sous l'effet des calebasses de *koñio* qui circulaient régulièrement, les discussions étaient de plus en plus animées. Là, les femmes n'étaient pas en reste pour profiter de ce moment de fête, de cet évènement dans la vie de Bongo. Vêtues de leurs plus belles cotonnades, aussi diverses que colorées, un élégant nœud d'étoffe dominant le haut du front, elles s'étaient regroupées par grappes d'une dizaine. Les conversations allaient bon train, ponctuées par l'agitation continuelle de leurs mains et relancées par l'intensité de leurs yeux toujours mobiles et expressifs. Régulièrement, une répartie spontanée et malicieuse déclenchait l'explosion d'un immense éclat de rire collectif.

Progressivement, les meilleurs joueurs de *gomboï* de chaque village s'étaient joints à tous les *boys*, tous les tambours aux formes les plus diverses, sortis pour l'occasion. Toutes les peaux tendues sur calebasses s'échauffaient sous les mains les plus expertes ou sous des baguettes parfaitement maîtrisées, pour finalement scander le rythme des groupes de danseurs qui se formaient, çà et là. Comme toujours, les femmes avaient lancé les premiers pas avec leurs *youyous* et leurs sifflets en bouche pour entraîner les moins dynamiques, avec leurs foulards multicolores, comme autant d'invitations à la danse. La nuit venue, l'animation n'avait pas cessé. Seuls quelques vieux avaient rejoint leur village, leur *ginna*. Le *koñio* et la chaleur caniculaire avaient à peine émoussé les ardeurs, sans arrêter la complicité des habitants des cinq villages, rarement réunis pour fêter un équipement collectif qui allait rapidement bouleverser la vie des générations montantes. La nuit fut finalement animée...

Atimé réalisait déjà qu'Amato, son fils aîné, avec ses six ans bientôt atteints, ferait partie des premiers bénéficiaires. C'est ainsi qu'après les pluies de l'hivernage, les premiers enseignants, nouvellement installés, accueillaient les enfants. Autour d'Amato, plus de quarante élèves composaient la classe des plus jeunes, tous *dogon*, qui commençaient le premier cycle. Leur instituteur était originaire de Bamba, premier village de la commune de Sangha, en venant de Bandiagara. Sa connaissance parfaite du dialecte *toro*, parlé à Sangha, avait mis tout de suite en confiance les premiers élèves scolarisés à Bongo, davantage impressionnés par l'importance de leur groupe et le besoin de rester assis pendant des heures durant, une ardoise entre les mains, à découvrir les signes inconnus qui composent l'alphabet, ou des chiffres qui permettent de compter autrement que dans sa tête et très loin des calculs courants des Dogons adultes qui les entouraient.

Amato, tout de suite conquis, n'était pas peu fier, dès le retour au village, de montrer à ceux qui étaient disponibles, ce qu'il avait appris dans la journée. Atimé, toujours attentif et curieux de ces choses nouvelles était le plus ouvert. Quelques mois après, au contact de son fils, il avait déjà appris les lettres qui composent son nom. Même s'il en avait rarement besoin, savoir se signer comme les lettrés lui paraissait un acquis important. Ainsi, depuis le début, Atimé n'a jamais cessé de manifester à Amato, un soutien ouvert et régulier, convaincu qu'une page se tournait pour les Dogons et que ses enfants en seraient les acteurs.

L'année suivante, lorsqu'Amato parvint à écrire et à prononcer ses premiers mots en français, langue officielle du Mali, Atimé en fut attendri et fier à la fois, lui qui avait toujours fait l'effort d'en apprendre, oralement, les rudiments, au contact d'amis qui accompagnaient les visiteurs, les *toubab*, enchantés de découvrir, sac au dos, les villages de la falaise.

Imprégné de ce besoin de progrès, de découverte, et de la nécessité de soutenir ses enfants, Atimé rendait très souvent visite aux instituteurs qui s'étaient installés dans des maisons qui leur étaient réservées, au pied du village. À leur contact, il avait découvert que le *toro so,* comme les autres dialectes *dogon*, pouvait aussi s'écrire et se lire, mais avec un alphabet particulier. D'ailleurs, les enfants, pendant leurs premières années d'école, allaient également être formés à l'écriture de leur langue maternelle. Découvrant les premiers livres, même s'il avait compris qu'il ne les lirait jamais, il réalisait, intuitivement, que l'écriture pouvait, progressivement, contribuer à la conservation et à la transmission des connaissances, sans reposer éternellement, uniquement, sur les vieux. Pour cela, il se sentait déjà investi d'un rôle d'intermédiaire entre les anciens qui détiennent collectivement le savoir et la génération de ses enfants qui allait avoir accès, très vite, à l'écriture. C'est alors qu'un des enseignants avait fait part à Atimé de la déclaration solennelle d'Amadou Hampâté Bâ, le sage de Bandiagara, s'adressant au monde : « En Afrique, un ancien qui meurt, c'est une bibliothèque qui brûle. » Le soir même, fort impressionné, Atimé médita longuement pour pleinement comprendre et alimenter ses réflexions futures.

Trois ans après, la sœur d'Amato, Yasiéma, ses six ans révolus, prit à son tour le chemin de l'école, même si certaines familles ne pensaient encore qu'à scolariser seulement les garçons. Appuyé, sans réserve, par Atanou, le chef de famille, soutenu par son épouse Yapérou, Atimé avait convaincu les siens à qui il répétait :

— À l'heure où les étrangers viennent découvrir notre pays, les Dogons doivent s'ouvrir vers le reste du monde que nous ne connaissons pas. Ils devront être forts s'ils ne veulent pas subir les échanges à venir. Nos enfants doivent y être préparés.

S'arrêtant parfois à l'école après le départ des élèves, Atimé s'attardait dans une classe encore ouverte. Il y éprouvait une satisfaction profonde en pensant que ses enfants sauraient lire, tous les jours, ce que l'instituteur écrivait à ce tableau que personne n'avait encore effacé.

Lorsque Yassagou est devenue à Bongo l'épouse d'Atimé, elle avait vingt-deux ans et avait terminé ses études au Lycée de Koro depuis seulement deux années. Amato avait neuf ans et commençait sa quatrième année à l'école de Bongo. Aussitôt, avec l'accord et le soutien de Yapérou, la mère d'Amato, et Atimé, Yassagou, la deuxième épouse, sut rapidement encourager et suivre les progrès des deux enfants scolarisés. Déjà, au quotidien, elle parlait souvent en français au garçon et à un niveau équivalent à celui des instituteurs. Elle adorait cette relation privilégiée avec Amato qui le lui rendait bien. Déjà bon élève, le garçon bonifia encore son niveau. Le temps de finir sa scolarité à Bongo, il s'était établi entre eux une complicité sans nuance. Yassagou était exigeante et Amato s'enthousiasmait pour tout ce qu'il découvrait à l'école et le soutien confiant de Yaperou et Atimé leur était précieux.

Dans leurs pas, Yaserou voulut tout de suite faire comme Amato. Timide à l'extérieur, dès qu'elle avait rejoint la *ginna*, elle se lançait, d'elle-même, à essayer de parler, en français, à Yassagou, parfois même à son frère... Longtemps, son mélange incontrôlé avec sa langue maternelle avait fait beaucoup rire, mais elle n'en prenait jamais ombrage, car, au moins, ainsi, tous les siens l'écoutaient...

Atimé se souvient encore du passage d'Amato au collège de Sangha, pour le second cycle, comme disent les enseignants. Déjà bon élève à Bongo, il était alors devenu visiblement passionné, toujours avide de connaissances nouvelles, excellent dans toutes les matières. De plus en plus à son aise pour parler et écrire en français, il avait vite découvert l'anglais avec une curiosité et un dynamisme qui en faisaient un élève brillant.

Toujours à la recherche d'un livre nouveau, une chose rare à Sangha, la lecture lui apportait un plaisir multiple qu'il savait déjà exprimer, au moins avec ses professeurs : la découverte de domaines jusque-là inconnus et le plaisir de nouvelles façons d'écrire. Un commerçant venant de Bandiagara au marché de Sangha lui prêtait fréquemment des livres que ses enfants, plus âgés, avaient déjà lus.

Atimé, tenant à s'informer du cheminement d'Amato, s'entretenait régulièrement avec les professeurs. La plupart d'entre eux n'étant pas *dogon*, il se faisait accompagner par Yassagou. Il réalisait que, par les matières enseignées, son fils s'ouvrait progressivement à des connaissances insoupçonnées pour les habitants de la falaise, à d'autres cultures, à des peuples différents. Certes, Amato accélérait les choses, mais Atimé y pressentait là une évolution inéluctable pour le peuple *dogon* tout entier. Il avait l'intime conviction que cette ouverture vers l'extérieur par les études, puis au contact des marchands, des voyageurs et des *anasara,* des blancs, des touristes, que beaucoup appellent des *toubabs*, ne pouvait enrichir humainement et intellectuellement que les Dogons qui seraient forts de leur culture et fiers de leur identité.

Amato avait toujours aimé s'attarder à Dini, dans la famille de sa mère Yaperou. Amadou, son grand-père, savait lui consacrer du temps et admirait beaucoup la vive intelligence de son petit-fils. Lorsqu'il fut question de continuer les études au lycée, Amadou en avait fait part à Ogobara, son plus jeune frère, commerçant à Bandiagara. Habituelle entraide familiale oblige, ce dernier avait fait savoir à Amadou, puis à Atimé, qu'il se faisait, naturellement, un honneur de pouvoir héberger un jeune aussi méritant provenant de la famille. Atimé en fut d'autant plus soulagé que les trois plus jeunes enfants d'Ogobara avaient été scolarisés en vue de développer le commerce familial.

C'est ainsi que, au mois d'octobre suivant, Amato découvrait le chef-lieu du Cercle dont dépend Sangha et ses nombreux villages. Le passage d'Amato au Lycée de Bandiagara le conduisait alors à côtoyer d'autres ethnies. Cet environnement renforçait l'intuition d'Atimé. Pour lui, il était de plus en plus évident que, par le biais de l'école, cette ouverture rapide vers l'extérieur allait exposer le peuple *dogon* et sa culture. Il n'oubliait pas de dire à Amato que, pour la génération montante, apparaissait déjà un véritable devoir de sauvegarde et de protection de la connaissance détenue collectivement, mais oralement, par les anciens, par les vieux sages. Amadou Hampâté Bâ avait raison...

Atimé ressentait, de plus en plus, que cette accélération du rythme de vie de son fils Amato, comme de tous les jeunes étudiants partant à Bamako, et leur exposition grandissante aux autres cultures, poseraient à ces jeunes divers problèmes aux clés multiples, inconnus jusque-là, du moins le pensait-il.

— Nos enfants devront être forts pour résister au risque de banalisation de la culture *dogon*...

— Chez nous, il faut donc tout faire pour aider Amato à s'y préparer...

Ensuite, il appartient aux Dogons d'écrire leur propre histoire. Ils ne peuvent continuer de s'en remettre, plus longtemps, ni aux voyageurs ni aux savants étrangers, les ethnologues, même si leurs travaux, leurs études sont louables. Marcel Griaule, Germaine Dieterlen, Jean Rouch et d'autres restent des références à Sangha et font, sans doute, autorité dans le monde. D'ailleurs, les funérailles des plus anciens d'entre eux, organisées et fêtées par la population de Sangha ne traduisent-elles pas la reconnaissance qui leur est due ? Il n'en reste pas moins que trop de choses ont été déformées ou occultées au moment d'une traduction achevée par des gens dont la langue maternelle n'est pas le dogon. N'ont pas toujours été compris les propos des vieux dont les subtilités sont souvent intraduisibles. Et puis, la fluctuation des connaissances d'un village à l'autre, la variété des dialectes pratiqués selon les endroits, sont autant de barrières infranchissables pour les étrangers qui peinent, finalement, à accéder, à une vérité inévitablement multiple, donc déformée.

Au Lycée de Bandiagara, Amato, devenu adolescent, svelte, élégant et vif, passa trois années à confirmer ses capacités et sa motivation. Sa réussite brillante au baccalauréat n'avait surpris personne et, en famille, chacun s'en réjouissait à sa façon. Sa sœur, Yasiéma, suivait son exemple et terminait sa neuvième année au collège de Sangha par un succès au Diplôme d'Études fondamentales que tout le monde n'appelle que le DEF. Comme pour Amato, Yassagou n'y avait pas été pour rien... Et chacun apportait son soutien. Ogobara, l'oncle de Yapérou, avait fait savoir qu'il espérait bien que Yasiéma allait prendre la place d'Amato à Bandiagara. C'était une aide précieuse sans laquelle Atimé et sa famille n'auraient pas su faire face. En moins de dix ans, au contact de Yassagou, des enseignants et de ses contacts de plus en plus fréquents avec les toubabs qu'il arrivait à guider seul dès que les récoltes étaient terminées, Atimé avait, lui-même, fait d'énormes progrès en français, même s'il ne l'écrivait pas. De plus en plus actif pour accompagner les touristes qui trouvaient en lui un guide connaissant parfaitement son pays, il en ramenait des ressources supplémentaires pour la famille. Il n'y plaignait donc pas sa peine :

— Je fais connaître la falaise pour que mes enfants puissent découvrir le monde, aimait-il à rappeler.

Périodiquement, l'avenir des enfants entraînait de longues discussions sereines lorsque, le soir, la *ginna* retrouvait son calme. Sous sa bienveillante autorité, Atanou savait exprimer sa satisfaction de voir la famille unie autour de lui, pour le bien de la jeune génération. Accompagnant les souhaits de réussite qui animaient Atimé et Yapérou, Yassagou avait insisté plusieurs fois :

— Puisqu'il en montre les capacités, je ne souhaite pas qu'Amato cesse ses études au niveau où j'ai dû arrêter les miennes, parce que ma famille avait besoin de moi, disait-elle souvent, avec une nostalgie qui la renvoyait à Koro.

— Le moment est venu de faire confiance à Amato, reprenait Atimé. C'est à lui de choisir son avenir. C'est un exemple pour la famille. C'est notre fierté. Nous ferons de notre mieux pour le soutenir.

Fort de cet appui familial, Amato avait confirmé son souhait de s'inscrire à l'Université de Bamako. Ses professeurs lui avaient conseillé plusieurs orientations entre lesquelles il n'avait pas encore choisi. Il préférait se documenter sur place avant de s'engager. Ogobara, qui l'avait pris en affection à Bandiagara, avait convaincu un proche parent habitant la capitale d'accueillir Amato comme son fils.

Après avoir, comme chaque année, courageusement aidé à la culture du mil familial, Amato avait pris la route de Bamako avec une émotion aussi intense que l'espoir, les encouragements et les bénédictions que tous lui manifestaient.

Aujourd'hui, Atimé qui n'est jamais allé plus loin qu'à Mopti, a du mal à s'imaginer le quotidien de son fils qui doit faire face à sa nouvelle vie, depuis bientôt trois mois.

Il sait qu'il peut lui faire confiance parce qu'il ne l'a jamais déçu...

Ugùrù Komo

L'arrivée des Dogons au pied de la falaise, déjà occupée par les Tellems, avait toujours passionné Atimé depuis que, très tôt, son père Atanou lui avait confié, maintes fois, l'intérêt primordial qu'il accordait à cette partie de leur histoire, même si la transmission orale, de génération en génération, avait, inévitablement, entraîné quelques concessions à la légende. À son tour, Atimé s'était senti investi du devoir de le faire découvrir, progressivement, à son premier fils, Amato, qui prêtait toujours une attention soutenue à ses explications et manifestait une soif d'apprendre particulièrement intense pour un enfant qui n'avait guère plus de onze ans. Mais, c'était l'âge de savoir...

C'est ainsi qu'Atimé, comme son père l'avait fait avec lui, ressentait un plaisir non dissimulé à se réserver, périodiquement, le temps de conduire, une nouvelle fois, Amato à *Ugùrù Komo*, une des grottes de Tellem parmi les plus accessibles, pour y partager avec lui des moments riches d'affectueuse complicité. Avant tout, lorsque, le mil récolté, la saison rendait les travaux quotidiens moins rudes, Atimé réservait à son fils une soirée où ils s'installaient, à l'écart, assis sur un rocher qui sert de siège dans un angle de la cour de la *ginna*. Élève studieux, pour la dernière année à l'école de Bongo, Amato était toujours sensible à cette intimité. Ce soir-là, Atimé tenait à lui rappeler cette part d'histoire qui a vu les Dogons s'installer sur un site déjà occupé, avant eux, par les Tellems. C'était aussi l'occasion de tester, une nouvelle fois, la vivacité de son attention, tout en préparant son esprit à délaisser, pour un jour ou deux, à la fois ses tâches scolaires journalières et ses jeux habituels avec les enfants de son âge. Il fallait absolument que, le lendemain, son esprit soit totalement libre, disponible, pour un retour hors du temps, pour une démarche quelque peu initiatique :

— Demain, dès que le jour sera bien installé, nous reviendrons à *Ugùrù Komo*. Mon père, Atanou, dit toujours que, là-bas, nous avons rendez-vous avec « notre histoire », lorsque nos ancêtres ont rejoint la falaise pour s'y installer, définitivement, avec leur culture.

Atimé avait ensuite invité Amato à parler de ce dont il se souvenait de la précédente visite. Puis, pendant que la *ginna* s'endormait progressivement, Atimé évoquait, à nouveau, les dures conditions de vie des Dogons dans l'Empire mandingue, quelque part au-delà de Bamako, les premières avancées de l'islam auquel ils ne voulaient pas se soumettre et la longue migration des Dogons pendant deux ou trois siècles… Peu après, aussitôt couché, recroquevillé sous un vieux pagne usager tenant lieu de couverture, Amato passait quelques instants où l'imagination avait du mal à lutter contre l'impatience, puis il s'endormait, finalement, calmement, sereinement.

Dès les premiers bruits dans la ginna qui s'éveille, Amato avait déjà rejoint son père. Là, silencieux, ils partageaient, en tête à tête, un peu de *tô* restant de la veille et de la bouillie de mil sucrée avec la poudre de fruit du baobab, avant de grignoter quelques arachides. Bongo grouillait déjà des mille bruits du début du jour, lorsque les premiers rayons du soleil paraient la falaise de reflets d'ocre et de miel, avant d'inonder la plaine. Alors, Atimé se levait pour donner le signal du départ, saisissait son bâton de marche et prenait soin de fourrer dans sa poche quelques *méné-méné*, les « bonbons sésame » que Yapérou avait préparés la veille avec les graines vannées, légèrement éclatées, liées, à chaud, avec de l'eau, du sucre et du sirop de tamarin. Posant ses mains sur les épaules d'Amato, Atimé l'invitait à quitter la maison.

Leurs premiers pas les conduisaient, lentement, par les coursives étroites et sinueuses, jusqu'au pied du village, près des vestiges des premières habitations du plateau rocheux :

— Amato, n'oublie jamais de respecter et de rappeler que les premiers Dogons installés sur la falaise ont fondé Bongo. Portes-en toujours témoignage comme l'ont toujours fait, inlassablement, nos anciens. En leur mémoire.

Laissant la grotte sous Bongo trop bruyante des cris des enfants qui jouent à côté des marchands, déjà affairés à déballer leurs trésors en quête de voyageurs attentifs à l'artisanat *dogon*, Atimé préférait faire une première halte chez son ami Adama, le cordonnier, pour boire à son canari une gorgée d'eau encore fraîche amenée depuis peu lors des premiers tours d'eau que les femmes avaient portés du puits. Après avoir longuement salué son ami, s'être spécialement enquis de sa santé dont il devait se soucier régulièrement, Atimé évoquait sommairement tel ou tel problème communautaire qui trouverait une solution, plus tard, sous la *togùna*, avec les anciens.

Il reprenait alors son chemin, flanqué d'Amato, toujours aussi impatient, tout en renouvelant, au fil des rencontres, ses salutations, à l'un puis à l'autre, avec une sérénité communicative, comme s'il souhaitait faire partager son bonheur du jour. Leurs pas longeaient invariablement la digue arc-boutée sous l'eau stagnante, animée par un tapis de nénuphars abondamment fleuris. Puis, ils contournaient le puits récemment construit où les femmes s'affairaient en échangeant des propos animés, ponctués par d'énormes éclats de rire. Quelques pas suffisaient ensuite pour escalader les trois rochers lustrés par les passages incessants, au pied de l'énorme manguier, toujours aussi vigoureux malgré son âge. Bientôt, il ne restait plus qu'à gravir les derniers contreforts de grès rouge qui mènent à *Ugùrù Komo*, un des villages *tellem* parmi les plus spacieux de toute la falaise.

Pour y être déjà venu maintes fois avec son père, Atimé abordait le site comme un endroit familier, mais, très vite, la même sensation de mystère l'envahissait, comme s'il nourrissait l'espoir inavouable d'y rencontrer, un jour, quelque Tellem revenu pour lui conduire la visite. Nichée sous une énorme plate-forme rocheuse, la grotte, ouverte vers l'est sur plus de cent pas, avait abrité, pendant des générations, de nombreuses familles, dont le cadre de vie, largement préservé, en porte le témoignage.

À peine entré, Atimé se dirigeait vers un de ces rochers bien plats qui offrent une pause aux visiteurs. Il reprenait alors le cours de ses explications, comme s'il les avait momentanément arrêtées la veille :

— Sais-tu, Amato, qu'ont vécu ici des Tellems et des Dogons ?

— Ils vivaient ensemble ?

— Non, ou, tout au moins, ils n'ont pas cohabité très longtemps.

Et, fort des explications fournies par son père, Atimé remontait le temps, comme il adorait le faire sans en avoir conscience :

— Nos ancêtres *dogon* ont quitté l'empire du Mandé, très loin à l'ouest, pour protéger leur culture et leur liberté. Pour ne pas subir une vraisemblable poussée de l'Islam, ils commencèrent une lente migration. Après une longue errance, ils sont venus s'installer, en sécurité, sur le plateau rocheux ou, dans un premier temps, au pied de la falaise. Ils ont alors découvert un peuple et un mode de vie qu'ils ne connaissaient pas. Les vieux nous ont toujours expliqué que les Tellems, hommes de petite taille, avant tout chasseurs et cueilleurs particulièrement agiles, vivaient très aisément de ce que la nature leur fournissait alors avec générosité. Grâce aux pluies plus abondantes, la plaine, au pied de la falaise, était naturellement fertile, très largement boisée, et les animaux et autres gibiers y étaient nombreux et variés.

— Mais, alors, dit Amato, où étaient leurs champs de mil ?

— Oh ! Ils n'ont jamais eu de champs de mil. Ils n'étaient pas cultivateurs. La cueillette leur apportait, selon les saisons, les fruits que nous connaissons, comme les légumes sauvages dont ils avaient besoin. Fins connaisseurs de la nature et des animaux, toujours attentifs, toujours aux aguets, leurs armes, lances, frondes et arcs leur assuraient souvent du gibier qui était plus abondant que de nos jours. Pour nourrir leur famille, bien sûr, mais aussi pour les peaux dont ils savaient se vêtir. Avec les os, ils fabriquaient certains petits outils nécessaires au quotidien et les bijoux dont se paraient les femmes.

Amato, toujours curieux, recherchait le point de départ :

— Alors, les Tellems ont été les premiers habitants de la falaise !

— Pas tout à fait. À défaut de certitudes, la légende *dogon* nous rapporte que les Tellems avaient eux-mêmes chassé les *Antùmùlù*, les « petits hommes à peau rougeâtre », probablement les ancêtres des pygmées actuels.

S'assurant qu'Amato était toujours aussi attentif, il poursuivait :

— Pour se protéger des agresseurs comme des animaux, ils habitaient, le plus souvent, à flanc de falaise, dans les cavernes ou les anfractuosités naturelles. Pour se protéger des changements de température et de la pluie, ils avaient fermé la partie avant en bâtissant avec les pierres et la terre trouvée généreusement sur place. Ils maintenaient de petites ouvertures pour entrer et sortir, sans oublier de surveiller les alentours. Ils avaient aussi à s'y réfugier lorsque les pillards, *peul*, *mossi* et autres *songhaï*, razziaient les plaines à la recherche d'esclaves... Ce sont les habitations *tellem* que nous connaissons aujourd'hui, nichées dans les falaises.

— Mais alors, comment faisaient-ils pour grimper si haut ? demandait inévitablement Amato, toujours impressionné par l'immensité de la falaise, même s'il l'avait toujours vue.

— Les Tellems étaient des plus agiles et très entraînés à grimper aux arbres, à sauter les obstacles, pour la cueillette et la chasse en toute saison. Par leur petite taille, ils étaient plus légers que nous. Il leur était donc facile de remonter à leurs habitations en grimpant le long des lianes et autres branchages qui poussaient alors, dans les anfractuosités, sur toute la hauteur de la falaise. Certains auraient même rapporté que les Tellems étaient si légers et si agiles que nombre d'entre eux avaient le pouvoir de s'y envoler, simplement en levant les bras au ciel.

Amato, impressionné et sceptique :

— Il n'y avait donc pas de place du village où les enfants jouaient, ni de *togùna* où les hommes parlaient ?

— Point de place de village, mais les Tellems savaient se rencontrer. Même pour les habitations à flanc de falaise, en plus des lianes, ils savaient confectionner des cordes tressées avec des fibres végétales. Un jeu de cordages judicieusement agencés permettait de se déplacer, en sécurité, d'une maison à l'autre.

C'est ainsi que s'organisait leur vie communautaire, avec leurs propres coutumes.

Amato avait du mal à comprendre. Il posait donc des questions :

— Mais alors, pourquoi les Tellems ne sont pas restés sur la falaise ? Pourquoi ont-ils disparu ? Leur a-t-on fait la guerre ?

Atimé s'accordait un moment de réflexion, les coudes relevés, les doigts croisés derrière la nuque, et poursuivait :

— Non, nos ancêtres nous ont rapporté que les Tellems n'ont pas été chassés. Les Dogons ne leur ont pas fait la guerre. Il ne semble pas qu'ils aient utilisé leurs armes et leurs outils autrement que, les uns pour chasser, les autres pour travailler. Il n'y a pas eu de conflit. Ils ont plutôt rivalisé par leurs modes de vie différents, par leurs rapports de dépendance à la nature. Les Tellems dépendaient de la végétation sauvage et des animaux qu'ils pouvaient chasser. Les Dogons avaient, avant toute chose, besoin de travailler la terre pour récolter leur nourriture. Tellems et Dogons ont cohabité longtemps, très pacifiquement. Mais, lorsque nos ancêtres sont arrivés en nombre, les parties boisées étaient telles que les champs cultivables étaient trop restreints. Les Dogons ont donc entrepris de déboiser de nombreux secteurs de la plaine, en commençant au pied de la falaise, là où la terre est la plus fertile, pendant qu'ils construisaient leurs maisons sur les éboulis. Au fur et à mesure que d'autres Dogons sont arrivés, faisant reculer la forêt, les cultures sont devenues plus étendues, plus abondantes. Les Tellems y ont alors perdu lentement leurs territoires de chasse et de cueillette. Pour subsister, ils ont progressivement quitté la falaise pour migrer, de plus en plus loin, dans la plaine qui court vers le Burkina. Certains vieux nous ont dit que, dans le Cercle de Koro, des

Tellems sont encore présents et vivent aux côtés des Dogons, et des peuls.

Amato avait suivi, par la pensée, ce long cheminement vers des pays qu'il ne connaissait pas. Atimé restait silencieux, les yeux mi-clos, une moue suggestive traduisant l'intensité de sa réflexion et de sa sérénité. Fier de ses ancêtres, il reprenait :

— Les Tellems étaient comme les Dogons, des gens paisibles et respectueux des autres. Ne travaillant pas les champs, ils se sont progressivement éloignés de la falaise, nous laissant leurs habitations et leurs secrets...

Amato, assis à côté de son père, n'avait rien négligé de ses explications. Il restait silencieux, laissant son imagination d'enfant vagabonder au fil de la légende maintes fois racontée mais toujours plus passionnante. Atimé attachait la plus grande importance à la curiosité d'Amato, à sa soif de savoir. Comme le disait souvent Atanou, la connaissance ne peut être transmise qu'à un jeune qui le mérite par son attention renouvelée et sa persévérance.

Atimé reprit alors le fil de ses explications, comme pour prolonger encore cette évocation :

— Nos vieux sages nous rappellent toujours que, malgré les apparences, les Tellems n'ont pas oublié leurs anciennes habitations, leurs villages dans la falaise. Certains pensent que, périodiquement, ils y retourneraient, la nuit, pour adorer leurs fétiches. Ils sont invisibles. Seuls, leurs esprits, leurs âmes reviennent, portés par le vent. Ils se rendent dans chacun de leurs villages, à flanc de falaise, conduisant leurs chèvres sur un simple fil de coton, avant de les sacrifier au pied de leurs fétiches. Avant de repartir, certains déposent même, parfois, des morceaux de viande de chèvre, chez nous, tout près de la *togùna*, comme pour signaler leur passage. Alors, dès le matin, pour les faire fuir, les vieux du village font un feu avec diverses racines qui ont, en brûlant, une odeur suffisamment forte pour dissuader les Tellems de revenir rapidement. Les vieux disent qu'ils font brûler des *ugùrù*. J'ai remarqué plusieurs fois cette pratique, mais je n'y ai jamais participé.

Le soleil était déjà haut. La lumière envahissait la grotte en se faufilant entre les pans de murs des restes d'habitations. C'était le bon moment pour y redécouvrir ces vestiges d'un peuple disparu, qui laissent subsister de nombreux mystères, des énigmes qui restent sans réponse.

Atimé se leva enfin, sans un mot, comme pour ne pas troubler la quiétude mystérieuse des lieux, et fit quelques pas vers l'intérieur. Amato ne tarda pas à le rejoindre, attendant d'autres explications :

— Avant l'arrivée de nos ancêtres, les Tellems organisaient toute leur vie dans cet espace qui peut paraître réduit, mais, finalement, les circulations ne sont pas plus étroites que dans des coursives de certains de nos villages d'aujourd'hui. Ils utilisaient naturellement les grottes pour mettre à l'abri leurs familles, y organiser leur vie quotidienne et la bonne marche de leur communauté. On ne sait pas très bien évaluer combien de personnes habitaient une grotte comme celle-ci, mais il est évident que les Tellems étaient organisés collectivement. Amato, regarde bien, ici, le four que le temps a su conserver. Il faudrait bien peu de chose pour lui redonner vie. Les traces de fumée sont restées intactes sur la roche. Il semble bien que ce four fût commun à tout le village. Lorsque les hommes revenaient de la chasse, il devait servir à la cuisson du gibier dont la viande profitait, sans doute, à tous. C'est visiblement le seul four important. Les autres traces de fumée que l'on voit, çà et là, beaucoup moins importantes, témoignent de la présence de chaque famille.

Atimé était visiblement ravi de guider la visite d'Amato. Il se revoyait découvrir la grotte avec son père... Après quelques pas sur le sol rocheux encombré de nombreux éboulis, il reprit le fil de ses indications :

— Amato, observe bien chacune des cases, le plus souvent rondes, et tu en découvriras facilement l'utilité. Celles qui montent jusqu'au toit de la grotte sont toujours, mystérieusement, droites et solides, même si le banco, pas toujours très épais, est particulièrement cassant. C'est un peu comme si elles venaient d'être abandonnées par leurs habitants.

Amato escaladait les tas de gravats, se faufilait entre les murs, s'enfilait dans des ouvertures qui lui paraissaient d'autant plus minuscules qu'elles étaient surélevées par rapport au sol, sans doute pour se protéger des infiltrations d'eau ou de quelques esprits ou, peut-être, pour marquer simplement la place réservée à la famille. Atimé reprenait :

— Là où tu es, si les cases communiquent entre elles sans s'ouvrir vers l'extérieur, c'est qu'elles étaient habitées par une même famille, comme chez nous dans la *ginna*. Devant toi, c'est un grenier. Ils y entreposaient les cueillettes les plus abondantes et les autres fruits ou racines glanés çà et là, en fonction des saisons. Regarde maintenant, sur le côté, surélevé, un abri circulaire sans ouverture. Si tu le contournes, tu y apercevras, par l'arrière où le banco est éclaté, quantité d'ossements. C'est là que les Tellems inhumaient leurs morts. Ils les conservaient ici, tout près d'eux. Peut-être pour mieux communiquer avec leurs esprits et pour pratiquer des rituels dont nous ne savons pratiquement rien.

Atimé se déplaça à nouveau, lentement, suivant du regard le bout de sa canne de marche qu'il pointait devant lui, comme si elle guidait sa réflexion et sa quête d'histoire :

— Dans les habitations *tellem*, nous avons retrouvé, essentiellement, des restes d'objets en cuir, en fibres ou en bois, et, surtout, des textiles en coton qui sont autant d'indications précieuses pour essayer de mieux comprendre leur mode de vie, leur savoir-faire.

Atimé vint ensuite s'asseoir à l'entrée de la grotte, comme pour se ressourcer, bientôt rejoint par Amato qui ne perdait pas un mot de ces précisions :

— En visitant leurs habitations, nous pouvons mieux comprendre comment, lorsque nos ancêtres sont arrivés sur la falaise, les Dogons ont pu cohabiter avec les Tellems pendant de très nombreuses générations. Ils se sont plutôt voisiné tout en échangeant leurs connaissances respectives. Malgré leurs différences de culture, ils se sont efforcés de vivre en bonne harmonie, chacun profitant du savoir de l'autre. J'en ai la conviction. Les Dogons y ont trouvé des sources d'enrichissement. Par exemple, dans l'art statuaire fort réputé des Dogons, certaines pièces sont directement inspirées des Tellems. C'est le cas de toutes les statuettes de personnages aux bras levés au-dessus de la tête, en direction du ciel. Ces corps allongés, stylisés, seuls ou en couples, expriment, selon les Dogons, une incantation pour obtenir la pluie ou une prière pour implorer le pardon des fautes commises. Fabriquées par nos forgerons, les marchands continuent d'en vendre patinées de sang animal, de bière de mil ou d'huile et de terre. De la même façon, certaines parures auraient la même origine.

Atimé revint, à nouveau, vers les cases *tellem* et reprit :

— Avec ces habitations, nous savons que les Tellems connaissaient le banco. Comme nous, ils savaient choisir la bonne terre pour préparer un banco solide. Simplement, ils bâtissaient de façon différente. Leurs cases rondes étaient, le plus souvent, construites en colombinage. Ainsi, avec l'argile pétrie et mélangée avec de la paille hachée, ils réalisaient de longs rouleaux qu'il était plus facile de disposer, de façon arrondie, en les superposant les uns au-dessus des autres. Le tout était collé avec un mortier de la même terre. Dès que le mur était rehaussé d'une coudée, il fallait laisser l'ensemble sécher et durcir pendant un ou deux jours, avant de poursuivre la construction. J'ai entendu dire plusieurs fois que, de nos jours, les *Senoufos* du Burkina construisent encore leur maison de la sorte.

— Mais, il y a aussi des murs construits en briques, ici, sur le côté, reprit Amato.

Atimé n'était visiblement pas surpris par cette remarque. Comme la plupart de ces choses, son père Atanou le lui avait déjà expliqué :

— Ces cases construites en briques laissent penser que les Tellems ont, sans doute, appris cette technique en voyant les Dogons construire leurs premières habitations. Il semble bien aussi que, après le départ des Tellems, les Dogons aient rajouté leurs propres constructions dans ces grottes déjà occupées.

— Mais, comment peut-on le voir ? demandait Amato.

Atimé se rapprochait alors d'un mur et, en montrant avec sa canne, il expliquait :

— Grâce aux Dogons, les Tellems ont pu passer des cases rondes aux constructions carrées en utilisant les briques de banco. C'est sur le crépissage que l'on voit la différence. Regarde bien, Amato. Chez les Tellems, c'est à la main que le banco était appliqué, mais, avec les doigts écartés, énergiquement appuyés, ils ont laissé des cannelures verticales profondes, très caractéristiques des constructions *tellem*. Les Dogons, eux, crépissent, depuis toujours, à main plate, avec un mouvement circulaire qui ne laisse aucune trace. Ici, comme dans les autres grottes les plus accessibles, des Dogons ont rajouté leurs habitations. Tu peux les reconnaître facilement. Elles sont carrées et leur crépi est lisse.

— Mais alors, dit Amato, Tellems et Dogons habitaient ensemble.

— Non, sans doute pas, ou alors seulement lorsque les Tellems n'étaient plus qu'en tout petit nombre. Plus sûrement, après le départ des derniers Tellems, certains Dogons ont choisi de se mettre à l'abri dans les grottes, soit en construisant leurs maisons, soit en occupant une partie de celles qui étaient abandonnées. On ne sait pas très bien… Ensuite, les Dogons ont pris l'habitude d'utiliser les grottes les plus proches de leur village pour y déposer leurs morts pour toujours. C'est ainsi encore aujourd'hui.

Atimé était satisfait et fier d'apporter à son fils attentif et curieux, les clés de leur histoire. Silencieux, chacun prisait à sa façon l'impression fugace de ce détour hors du temps qui les réunissait. Se dirigeant lentement vers l'extérieur, Amato s'arrêta face à la roche devant des signes, des gravures qui l'interpellaient. Atimé, devançant ses questions, lui avoua ne pas en connaître vraiment la signification :

— Nous pouvons simplement distinguer deux sortes d'inscriptions. Les plus anciennes ont été estompées par le temps et nous n'en connaissons pas le sens. Les plus récentes, fort apparentes, peuvent être attribuées aux jeunes bergers *dogon* prenant quelque repos pendant les fortes pluies de l'hivernage.

On y trouve, le plus souvent, des croix de *kanaga* ou des esquisses de masques, souvent inconnus de nos jours...

Atimé et Amato allaient prendre le chemin du retour. En contrebas de la grotte, le sentier traversait un champ bosselé où le mil avait été récolté. Le décor redevenait alors plus familier, plus actuel. En retrait du chemin, un couple de hérons, visiblement habitué des lieux, avançait à pas lents, avec cette élégance flegmatique qui va si bien à leur plumage soigné. À proximité, un jeune garçon surveillait les trois chèvres dont il avait la garde... Amato cheminait dans les pas de son père. Ils contournèrent lentement une vaste plate-forme rocheuse hérissée d'une multitude de tas de bois mort que les femmes de Bongo stockent, famille par famille, au fur et à mesure de leurs trouvailles qu'elles ramènent de la brousse lointaine. Le bois se faisant de plus en plus rare, c'est un trésor toujours précieux où elles ne viennent puiser qu'avec parcimonie, chacune respectant scrupuleusement, traditionnellement, les provisions des autres. Point n'est besoin de clôture ou de séparation.

Amato avait terminé la journée, totalement absorbé par les multiples secrets qu'avait pu lui confier son père. Dès la nuit venue, après s'être distraitement servi dans le plat familial, il n'avait attendu personne pour aller se coucher, certain que ses premiers rêves le transporteraient, seul, à *Ugùrù Komo*...

Yassagou ùnù

L'harmattan de décembre a soufflé toute la nuit, pénétrant dans les *ginna* où chacun attend des jours meilleurs. Mais, fidèle à son habitude, un des premiers levés du village, toujours en quête de réflexion personnelle, Atimé est venu s'asseoir à l'abri de l'énorme baobab que longe, près de la roche, le chemin qui mène à Gogoli. Il sait que chaque moment de méditation est empreint de souvenirs et de réminiscences qui l'éclairent pour continuer son chemin. Le dos soigneusement calé contre le tronc plusieurs fois écorché pour fournir les précieuses fibres à cordages, il est d'abord étreint par le souvenir impérissable de son grand-père, puis de son père. Ils avaient fait de ce lieu au rayonnement intense un de leurs endroits les plus familiers, les plus propices à la méditation, à la recherche perpétuelle de la sérénité...

Atimé se souvient parfaitement de leur conviction inébranlable lorsque, entourés de leurs enfants ou petits-enfants, ils assumaient, chacun leur tour, leur rôle de transmetteur des connaissances répercutées depuis des générations. Il s'est ainsi progressivement imprégné de ces repères qui portent le sceau de la sagesse des ancêtres.

Atimé se remémore plus précisément :

— C'est dans ses rides que le baobab retient la mémoire du village. Il a tout vu, tout entendu et il parle à ceux qui savent l'écouter. En silence, chacun doit venir s'y ressourcer... disait Amakana.

— Le ventre du baobab laisse échapper le murmure de centaines d'années de la vie du village, des fêtes et des malheurs, des danses et des plaintes, des cris des enfants exubérants et du gémissement des vieux, aimait à rappeler Atanou, les yeux mi-clos, comme pour mieux capter le *nyama*, la force vitale, de l'arbre.

Même l'oncle Abora, précieux pour Atimé, y a guidé ses pas :

— Le baobab résiste à tous les vents, à tous les temps. C'est un témoin sacré et généreux pour faciliter la transmission de la connaissance et de la sagesse. Dans sa méditation, chacun de nous a rendez-vous avec les ancêtres, par respect pour eux.

Ce matin, au même endroit, Atimé se sent en paix avec ceux qui l'ont précédé. Chef de famille entouré, il mesure avec gratitude l'harmonie qui règne dans sa *ginna* où chacun a assumé son rôle avec sérénité depuis la mort d'Atanou dont les trois épouses ont su dominer la fatalité et montrer l'exemple. Yati, la première d'entre elles, est une *yanapey* aussi attentive que bienveillante, comme si les années ne l'effleuraient que de quelques rides et comme si elle avait oublié que la disparition de son fils Amouyon l'avait définitivement marquée. Presque mystérieuse, Yamaga, reste en retrait, comme elle l'a toujours été dans la vie, discrète, effacée, presque transparente de fragilité, mais sa douceur a toujours été précieuse pour les enfants de la *ginna* où chacun s'est efforcé de la préserver. Yatigué, la mère des trois garçons est toujours très active. En dehors, elle reste l'une des voix les plus écoutées parmi les femmes de Bongo. Toujours *dolotière*, elle a su transmettre son savoir-faire à Yapérou et Yassagou. Aussi, Atimé est reconnaissant aux trois *yanapey* d'avoir, sans cesse, su faire régner la paix et la concorde dans la famille.

Maintenant, avec ses deux épouses, Atimé se sent, au plus profond de son être, protégé par les génies. Avec leurs personnalités si particulières, elles ont su, très vite, faire oublier leurs différences profondes en mettant en commun leurs qualités personnelles, en se répartissant les tâches, chacune jouant pleinement son rôle sans arrière-pensée. Chacune reconnaissant les mérites de l'autre, Yapérou et Yassagou se faisaient mutuellement confiance. Très vite, elles devinrent indissociables au fur et à mesure qu'elles se complétaient. Ainsi, malgré son éducation de la plaine, Yassagou fut, très facilement, adoptée par les autres femmes de Bongo... Elle en a toujours éprouvé de la gratitude pour Yapérou...

Atimé a très profondément conscience que, grâce à ses deux épouses, sa famille a pris une autre dimension. L'une est issue de la plus pure tradition *dogon*, l'autre incarne, à ses yeux, l'avenir tel qu'il le pressent. Les deux, harmonieusement associées, témoignent de la nécessaire complémentarité entre le passé et le futur. Il en est fier pour sa famille, discrètement.

Yapérou lui a donné deux enfants, Amato et Yasiéma, sur lesquels il a fondé beaucoup d'espoir et leur scolarisation réussie le rassure. Il entrevoit même un avenir enrichissant pour eux tel qu'ils le décideront. Un exemple pour les Dogons de Bongo. Puis, deux ans après son arrivée sur la falaise, Yassagou a donné la vie à une petite Yasérou. Les soirs où ils étaient réunis, Atimé et Yassagou l'entouraient avec une affection particulière et ils avaient très vite convenu qu'elle devait être protégée. Naturellement, Atimé n'ignorait rien de la tradition mais il en connaissait les séquelles, parfois graves, et il n'avait pu cacher sa gêne lors de l'excision de sa première fille, Yasiéma. Il s'en était ouvert à sa mère Yatigué. Certes, depuis toujours, les hommes se maintiennent à l'écart et les *yanapey*, les grands-mères, doivent assumer comme elles l'ont subi, et confier leurs petites filles aux exciseuses.

Mais, Yasérou, fille de Yapérou, sa première épouse, ne pouvait être différente de sa mère. Atimé et Yassagou en avaient décidé ainsi. Un soir, dès que la *ginna* allait s'endormir, ils avaient retenu Yatigué près d'eux pour lui confier, sous le sceau du secret, dans quelles conditions sa tante avait su préserver Yassagou. Ils avaient su trouver les mots. Entre femmes, passé le temps nécessaire de la réflexion, la compréhension avait été totale. Sans mot dire, comme pour sceller un pacte, Yatigué avait longuement serré les mains de Yassagou dans les siennes, comme si elle avait déjà déduit la vérité du rayonnement de Yassagou, comme si elle ne regrettait nullement d'être confrontée à cette situation. Yatigué, *yanapey* respectable et responsable, se fit tout de suite rassurante :

— Nous allons partager ce secret pour toujours et je l'emporterai, le moment venu, dans la falaise.

Pour respecter le souhait d'Atimé et Yassagou qui l'avaient longuement remerciée, Yatigué avait simplement demandé à gérer, seule, cette situation qui ne devait pas filtrer de la *ginna*. Plusieurs mois passèrent au rythme soutenu du quotidien et Yasérou allait avoir un an. Un soir, rentrant du marché de Banani, Yatigué signala à quelques femmes bien choisies, puis à la famille, que le vieux père de Yassagou, toujours isolé dans son hameau à l'écart de Yendouma, était, lui avait-on dit, gravement malade et son état nécessitait toute l'attention due à son âge.

Dès le matin suivant, Yassagou prit le chemin du plateau avec sa fille solidement maintenue, blottie dans son dos. Trois heures plus tard, elle descendait de roche en roche, la falaise qui domine Yendouma. Elle avait un plaisir immense à retrouver ce village familier toujours fleuri d'une multitude de greniers soigneusement chapeautés. Elle rendit visite à une tante qu'elle n'avait pas vue depuis plusieurs années, avec qui elle partagea un couscous de *fonio*, trop peu souvent préparé à Bongo. Prenant congé après les interminables salutations et bénédictions de sa tante, Yassagou s'arrêta au pied du village, sur le bord de l'immense mare où les arbres majestueux baignent leur image ensoleillée. Après avoir allaité Yasérou, elle reprit son chemin pour vite réaliser qu'elle n'avait pas marché dans le sable de la dune voisine depuis son départ à Bongo.

Naturellement surpris mais sensible à la visite de sa fille, le père à qui l'âge imposait de rechercher une ombre protectrice en attendant la fin de sa journée n'avait pas posé de question. Il avait si rarement vu sa fille... Yassagou retrouvait aussi la seule épouse de son frère très souvent absent de par le commerce actif qui le faisait descendre jusqu'au Burkina. Heureuses de se retrouver, les deux jeunes femmes appréciaient de pouvoir partager et échanger. Le père de Yassagou, rayonnant de sagesse, passait l'essentiel de son temps avec deux de ses amis habitant à proximité et habitués à leur isolement, à tresser des cordages avec les fibres synthétiques provenant de vieux sacs que ramenait périodiquement son fils. Il appréciait fort que, pendant tout le temps que voudrait bien rester Yassagou, sa maison soit plus animée que d'habitude. Deux nouvelles lunes étaient ainsi passées au rythme des marchés à Yendouma et Koundou où les deux femmes n'avaient pas manqué de se rendre, ramenant quelques achats dont elles n'avaient pas à donner le détail, sans oublier un bidon de *konio* que les trois vieux appréciaient particulièrement.

Un matin, Atimé avait fait le chemin pour saluer et présenter ses hommages à son beau-père, le félicitant pour sa sérénité et sa sagesse et écoutant ses bénédictions avec respect. Le lendemain, Atimé et Yassagou avaient repris les chemins qui ramènent sur le haut de la falaise. Dès la première pause, Atimé n'avait pas tardé à signaler à Yassagou qu'à Bongo les exciseuses avaient terminé d'accomplir leur devoir depuis déjà deux marchés à Sangha. Et la vie avait repris son cours...

Chaque fois qu'il y pense à nouveau, seul ou avec Yassagou, Atimé est de plus en plus convaincu qu'ainsi, les femmes préservées, lorsqu'elles seront mères puis grands-mères sauront poursuivre cette évolution :

— Elles n'en sont pas moins *dogon*, dans des familles *dogon*, Yassagou le démontre tous les jours, aimait-il à se répéter avec conviction. Simplement, on ne peut pas casser la tradition et heurter ceux qui la perpétuent. Il faut simplement laisser l'harmattan souffler encore sur la falaise et baser nos espoirs sur les jeunes et les générations futures.

Atimé se souvient aussi que, Yaserou allant avoir deux ans, Yassagou commençait à regretter de n'être toujours pas en état de grossesse. Il commençait à percevoir chez elle une pointe d'inquiétude lorsque, à chaque cycle, Yassagou quittait la *ginna* pour aller retrouver, sur le côté du village, ses amies à la *pùnùlù*, la maison des règles. Même Yapérou, qui avait déjà deux enfants, décelait et comprenait, en lui préparant la nourriture que les enfants lui portaient, l'impatience de Yassagou.

Les interminables journées de travail dans les champs touchaient lentement à leur fin et la récolte de mil s'annonçait prometteuse, les trois greniers de la *ginna* se remplissant progressivement. L'essentiel de la nourriture de la famille était assuré. Un soulagement qui levait l'incertitude habituelle...

Tous les cinq jours, comme toujours, les marchés de Sangha et d'Ibi se succédaient comme un rituel indispensable aux échanges, aux retrouvailles, aux confidences... Sans se confier à personne pour ne pas traduire son impatience, Yassagou finit par pouvoir compter cinq, six marchés, sans être impure, sans aller à la maison des règles. Cette fois, à sept marchés, elle en était sûre. Elle allait pouvoir enfanter à nouveau. Après en avoir informé Atimé qui en fut visiblement soulagé, elle en fit la confidence à Yatigué qu'elle portait en grande estime. La *yanapey* en prit connaissance avec satisfaction et ne retint pas ses bénédictions, tant cette épouse d'Atimé prenait une place sans cesse grandissante au sein de la famille. Comme toujours, pendant deux ou trois lunes, le secret était tu pour le reste de la famille, comme pour les autres femmes du village. La fécondation n'est qu'une promesse... Les semaines passant, Yassagou avait progressivement balayé la moindre inquiétude et ne cachait plus son état et sa satisfaction. N'était-ce pas chose normale ?

Deux mois avant les pluies de l'hivernage, le soleil se faisait nettement plus mordant, comme toujours, mais Yassagou sentait s'installer en elle une fatigue intense, inhabituelle, qui la surprenait. Son ventre arrondi comme une énorme calebasse alourdissait sa démarche, gênait ses mouvements les plus habituels. Malgré l'aide régulière et compréhensive de Yapérou, elle n'arrivait plus à assumer sa part de tâches quotidiennes, contrairement à ce qu'elle avait vécu lors de sa première grossesse. Même Yatigué, grand-mère dynamique et attentive, commençait à penser que quelques complications n'étaient pas à exclure et n'hésitait pas à la seconder, pour la rassurer. Cette évolution finissait par inquiéter Atimé qui observait à quel point Yassagou avait de plus en plus de mal à cacher ses difficultés.

La nuit venue, il savait choisir ses mots pour l'encourager et mesurer la réalité de ses troubles.

Yatigué n'eut finalement aucun mal à convaincre son fils que le moment était venu de s'en préoccuper. Ogobara, le *jojoñunè*, le meilleur guérisseur de la falaise, fut aussitôt sollicité, chacun faisant confiance à ses connaissances et à son diagnostic. Ses thérapies traditionnelles ont, depuis toujours, largement permis d'écarter les esprits malveillants du corps des *bereginè*, les futures parturientes, la grossesse étant, avant tout, un état naturel. Après de longs échanges de salutations avec son vieil ami Atanou, puis avec le reste de la famille, Ogobara examina longuement Yassagou dont le regard habituellement si vif lui paraissait voilé et las. L'invitant à faire quelques pas, il fit la moue avec insistance en regardant sa posture. Il nota que ses jambes étaient lourdes et enflées.

Longuement immobile et silencieux, son regard fixé vers le sol soulignait l'intensité de sa réflexion. Atimé et sa mère Yatigué, présents et attentifs depuis l'arrivée du *jojonunè*, s'étaient bien gardés de se manifester. Ogobara les prit finalement à témoin, lentement, en pesant chaque mot, pour expliquer à Yassagou, visiblement inquiète :

— Tu n'as pas de maladie qui gêne ta fécondité, mais ton corps et ton *nyama* sont en désordre et perturbent ta vitalité habituelle. Ton corps anémié a besoin d'être purifié et soutenu jusqu'à la naissance.

Sortant de son éternelle besace de chasseur plusieurs flacons à large col dont les traces dues à l'usage ne permettaient plus d'apercevoir le contenant, Ogobara reprit :

— Tu prépareras, chaque jour en infusion, cette poudre d'argile prise au cœur d'une termitière qui contient la plupart des substances que ta grossesse a prélevées dans ton corps. N'oublie pas d'y rajouter une ou deux feuilles de baobab et une pincée de ces plantes séchées dont la composition m'a été confiée, jadis, dans ma famille. Deux ou trois verres à thé au lever du jour sont nécessaires.

— Tu croqueras, chaque jour jusqu'à la naissance, un peu de ces pierres blanches et tendres qui ont le goût du lait. Un marchand de Bandiagara s'en procure chez les potières de Soroly et les vend au marché de Sangha. Certains chasseurs de Banani et de Koundou savent aussi s'en procurer à proximité d'un fil d'eau, au pied de la falaise.

— Matin et soir, ne te prives pas de plusieurs verres de macération fraîche de *dà*, l'hibiscus rouge que chacun cultive dans la plaine. Quelques graines de tamarin y seront rajoutées. Tout en te désaltérant, c'est indispensable à ton tonus.

Il se tut quelques instants, les yeux mi-clos, la mâchoire serrée, comme s'il hésitait ou s'il s'assurait que ses prescriptions étaient complètes, et rajouta :

— Pour calmer les esprits, pour protéger le prochain enfantement et toute la famille qui l'attend, faites couler de la bouillie de mil sur l'autel sacrificiel de la *ginna*.

Avant de prendre congé, Ogobara tint à échanger quelques mots complices avec son ami Atanou et, se retournant, termina par ces quelques mots :

— Je reviendrai dans quelques jours pour m'assurer de l'évolution. Que les bons esprits vous protègent... La naissance qui s'annonce vous comblera...

Quelques semaines passèrent... Yassagou s'alourdissait encore et son ventre était de plus en plus difficile à porter. Les forces lui manquaient pour quitter la maison. Avant la fin du jour, Atimé, inquiet, était allé rejoindre, discrètement, à l'écart du village, celui qui, seul, pouvait permettre de comprendre, de savoir... Pour une fois, le divinateur était seul, comme s'il l'attendait. Après les respectueuses salutations formulées, à distance, par Atimé, le vieil homme à la tunique de basin répondit par des paroles de bienvenue, empreintes de sérénité et invita Atimé à s'approcher. Il l'écouta attentivement exprimer son inquiétude pour Yassagou et pour sa famille. Sur sa table de sable lissé, l'homme traduisit cette interrogation selon ses codes que seul le renard pâle peut lire.

Après une nuit de relative inquiétude qui troubla son sommeil, Atimé revint à la table de sable. Le divinateur, d'abord absorbé par l'interprétation de la parole divine, adressa finalement à Atimé des propos rassurants :

— Pour ta famille, Yurùgù, le renard, n'aperçoit que fécondité généreuse et abondance. Il n'y a donc pas lieu de s'inquiéter des difficultés de la grossesse de Yassagou. Son corps saura retrouver le chemin de la santé.

Atimé remercia et se retira avec déférence. Sur le chemin du retour, se posant quelques instants sur un rocher, concentré sur la réponse du renard, il choisit de n'en point parler aux siens, les bons esprits semblant veiller sur la famille.

Les journées passèrent, longues, dans l'attente de la délivrance... Une nuit de pleine lune, la matrone dut venir d'urgence pour assister Yassagou qui, subitement, devait faire face aux douleurs de l'enfantement. Ce fut particulièrement rude, éprouvant. Yati, Yamaga et Yatigué, unies, se relayaient pour soutenir et encourager Yassagou, comme elles l'auraient fait pour leur propre fille. Finalement, au petit matin, alors que le village s'animait au rythme sourd des premiers pilons, deux jumeaux, deux garçons, étaient nés... Un bienfait des génies... La gémellité n'est-elle pas, pour tous les Dogons, l'idéal de fécondité, la règle primordiale des naissances établie par Amma, dieu des animistes ?

Dès qu'elle eut retrouvé quelques forces, encouragée par Atimé, Yassagou s'empressa d'aller verser, en offrande, un grand godet de bouillie de mil sur l'autel familial, au sein de la *ginna*. De son côté, Atanou avait tenu à remercier son vieil ami Ogobara, le précieux *jojonùnè*, pour la fiabilité de son diagnostic et pour la pertinence de ses prescriptions. Sans ses connaissances, sans son expérience, qui sait ce qui aurait pu se passer ?

Atimé, naturellement réservé, était tout autant impressionné que ravi de constater que sa famille avait été choisie, touchée par la grâce divine, pour accueillir cette double naissance. En son for intérieur, il était enclin à penser que seule une femme exceptionnelle comme Yassagou avait pu lui donner deux *jiñé*, dans une famille où la quiétude et l'équilibre se conjuguent au quotidien.

Chaque matin, pendant les quelques jours où la mère ne peut quitter la maison du mari, aidée par Yatigué, Yassagou s'appliquait à terminer les soins aux bébés en leur enduisant le corps d'huile de pépins de *sà*, le raisinier sauvage, que toutes les femmes savent préparer et utiliser pour la douceur et la souplesse de la peau. Ensemble, les deux femmes partageaient ce moment affectivement intense en contemplant les deux *jiñé*, tant ils reflétaient l'harmonie.

Les femmes du village eurent tôt fait d'échanger et de diffuser la nouvelle, autour du puits ou en pilant le mil quotidien, avant de l'éventer alentour. Visiblement, l'évènement était vécu comme une bénédiction, un honneur qui valorisait toute la communauté. Chacune sait que ces enfants sont d'une qualité incomparable. Égaux, parfaitement ressemblants, ne sont-ils pas à l'origine des échanges et du commerce ? Jusqu'à la fin des huit semaines de cinq jours où la mère des jumeaux ne peut quitter l'enceinte de la *ginna*, Yassagou, heureuse et fière de perpétuer la tradition, ne laissait à personne le soin de porter les enfants chaque fois qu'il était nécessaire. Pendant cette retraite rituelle, Atanou, chef de famille attentif, avait finalement choisi le nom des enfants, en fonction de leur ordre de naissance. Ils allaient s'appeler Adye et Assegue.

Dès lors, la famille allait bénéficier d'égards particuliers... Une lune était passée lorsque Yassagou, accompagnée de Yatigué, vint au marché de Sangha, chacune portant l'un des jumeaux. Dès l'entrée, les marchandes de beignets en offraient spontanément en manifestant leur admiration et en formulant leurs bénédictions pour la vie de ces enfants. Toutes les femmes n'avaient d'yeux que pour eux. Lorsque Yassagou s'arrêta près d'amies de Bongo qui vendaient le maraîchage récolté durant la semaine, elle donna le sein à l'un puis à l'autre des jumeaux, en même temps. Malgré leur expérience de plusieurs maternités, toutes les femmes qui l'entouraient laissaient apparaître des sentiments mêlés de tendresse, d'affection et d'envie. Elles auraient bien aimé donner le sein à des jumeaux... Et de nombreux marchés se succédèrent ainsi...

Un an allait vite passer... Leur premier anniversaire allait donner lieu à la première fête rituelle. Il était temps de s'y préparer. Comme à chaque naissance, Atimé avait cousu les traditionnels *isùñié*, petits pagnes de 3 bandes du meilleur coton blanc permettant d'attacher les nouveau-nés sur le dos. Il s'était également procuré les huit poteries particulières qui allaient être consacrées ce jour-là avant de prendre place sur l'autel de la *ginna*.

Le jour venu de la cérémonie solennelle consacrée aux jumeaux, les pensées se rejoignaient autour de la famille d'Atanou qui vivait un évènement exceptionnel. Des poulets, au nombre traditionnel de huit, celui des ancêtres primordiaux, jumeaux deux à deux, furent sacrifiés et leur sang versé sur l'autel familial, ainsi que sur les deux pièces de cuir où Atimé avait cousu huit cauris. Dès ce jour, Adye et Assegue allaient les porter en pendentifs pour marquer leur qualité. Nombreux avaient été les visiteurs apportant des présents, essentiellement des calebasses de mil, mais aussi quelques pièces de monnaie ou des bandes de coton.

Une fois l'an, après la récolte, avant le repas où chacun goûte le premier mil, les poteries avaient régulièrement reçu des libations avec le premier *koñio* de l'année, cette bière qui, dans la vie des Dogons, permet, de multiples façons, de communiquer avec les esprits. Depuis, ces poteries accompagnent les jumeaux. Il en sera ainsi toute leur vie...

À l'occasion de cette fête familiale, en vieil ami d'Atanou, *irunè*, le forgeron de Bongo, avait offert à Atimé un volet de grenier de sa fabrication, dans la plus pure tradition *dogon*, tel que les forgerons les ont toujours ciselés avec cette précision où la pureté du geste est déterminante. Ce fut pour lui l'occasion parfaite de rappeler, une fois de plus, à Atimé, en présence et sous le contrôle d'Atanou, la signification de cette pièce du quotidien emblématique des croyances et de la cosmogonie *dogon*.

Chaque chef de *ginna* doit, obligation incontournable, l'ouvrir quotidiennement pour fournir à son épouse l'essentiel des céréales nécessaires à la nourriture de la famille. C'est son premier devoir...

Youga Dogorou et le Sigui

Amato a vingt ans. Il partira, dans moins d'un mois, poursuivre ses études à Bamako, y commencer une nouvelle vie, pour la première fois hors du pays *dogon*. L'oncle Abora, toujours aussi proche d'Atimé, a progressivement pris la place d'Atanou parmi les vieux du village. Même s'il n'a pas la popularité et le charisme de son frère, il fait partie des sages qui possèdent, à la fois, la connaissance et l'expérience. Mais rien ne l'empêche de prendre des initiatives dans la famille, d'autant que, à près de soixante-dix ans, il conserve une vitalité rare parmi les vieux de sa génération et participe activement à la vie du village.

— Atimé, écoute-moi... Peu après l'arrivée de la nouvelle lune, Amato va rejoindre la capitale que nous ne connaissons pas. Pour ses études, il aura besoin de beaucoup de courage et il devra être fort pour résister à toutes les découvertes, toutes les rencontres. Il faut qu'il continue d'être un Dogon exemplaire, partout, avec notre soutien. Aussi, je pense que le moment est venu que tu lui fasses découvrir les trois Youga et l'importance de ce qui s'y rattache. Même si nous lui en avons déjà parlé, *dege dege*, ses pas doivent le mener à Youga Dogorou. C'est indispensable pour conforter son initiation.

Il se tut un moment, laissant à Atimé l'initiative d'acquiescer d'un mouvement de tête. Puis, il rajouta :

— Si tu le veux bien, je crois que, même si j'ai vieilli, je me sens capable encore de vous y accompagner.

Atimé saisit l'avant-bras d'Abora et le serra longuement en signe de remerciement. Son regard ne pouvait cacher toute la reconnaissance qu'il éprouvait pour cet oncle qui lui avait tant appris depuis son plus jeune âge. Fort de cette approbation confiante, Abora décida, sur le champ, que, dans trois jours, dès le marché de Sangha passé, il serait temps de se mettre en chemin. Il se chargea aussitôt d'en informer Amato :

— Demain, dès que le soleil viendra réchauffer la falaise, j'aurai tout le temps de préparer son esprit à l'importance de la démarche, sur les pas de nos ancêtres.

Et les échanges furent fréquents. Même si sa tête devait se pencher pour l'écouter, Amato ne cachait ni l'admiration absolue qu'il portait à l'oncle Abora ni l'importance qu'il accordait à cette marque de confiance et au soutien qu'il lui apportait pour une nouvelle étape vers la connaissance. Qui mieux qu'Abora aurait pu le guider ?

Aux premières lueurs du jour, l'effervescence habituelle commençait à se propager dans Bongo. Abora était déjà prêt, à l'entrée de la *ginna*, debout, les deux mains posées sur son *dege baga*, attendant calmement, comme Atimé, les derniers préparatifs pour Amato à qui sa mère, Aperou, prodiguait ses bénédictions, même si, comme la plupart des femmes, elle n'avait jamais fait cette démarche initiatique. Puis, se faufilant dans les coursives qui frôlent les *ginna*, tout en égrenant les *sewo* des salutations traditionnelles pour chaque personne rencontrée, les trois hommes eurent tôt fait de contourner la digue du grand marigot pour s'engager sur le sentier escarpé qui, après le plateau aride, contourne les champs de Diamini Goura et se prolonge vers les hauts de Koundou.

Là, dominant la plaine immense, Abora désigna, de son *dege baga*, des rochers que la nature et l'érosion avaient aménagés en sièges lustrés par l'usage et depuis des générations, propices au repos et à la conversation. Que de paroles et d'échanges pourraient-ils raconter ?... Amato et Atimé prirent place de part et d'autre de l'oncle Abora, leur guide du jour, leur guide depuis toujours. Pendant cette première étape, ils avaient peu tissé le fil de la parole, chacun appréciant, intimement, à sa façon, tant la qualité de leur démarche du jour, que leur indicible bonheur d'en partager le sens. Tout en sortant une provision d'arachides qu'il tira du fond de son sac, Abora apprécia la position du soleil au-dessus de la falaise et, ravissant Atimé et Amato, suggéra :

— En descendant au village de Koundou, il est bon de rendre visite à mes vieux amis, à la grotte des chasseurs. Gardiens des trophées et des traditions ancestrales, ils ont la lourde responsabilité de rappeler aux chasseurs de leur association, leur rôle de protecteur de la forêt. Ils ont à veiller, entre autres, au respect, par chaque villageois, des jeunes arbres qu'il est interdit de couper prématurément, allant même jusqu'à amender celles et ceux qui ne respecteraient pas cet interdit. Au signal donné par Abora, les trois hommes s'engagèrent dans la descente, guidés, de rocher en rocher, par la patine des pierres qui subissent tant de pas, chaque jour de marché. Atimé ne fut pas sans noter qu'avec le poids des ans, Abora ralentissait sa marche, mais savait compenser par la précision de ses pas et son usage calculé du *dege baga*.

Pour Amato, la découverte de la grotte fut une révélation. Peu profonde, très ouverte au-dessus de la plaine, elle est, à première vue, une vitrine où les chasseurs rituels exposent fièrement leurs trophées sur un large mur construit en banco : tout en haut, des peaux de gibiers que chacun a toujours vues là, puis de nombreux crânes de toutes dimensions ainsi que quelques cornes scellées dans le banco. Sur les côtés, des douilles de cartouches voisinent diverses lances et autres armes traditionnelles. De part et d'autre, d'immenses statues de bois imposent leur protection. Pour Amato, les trois gardiens dégageaient une noblesse, un rayonnement singulier, avec leurs tuniques de *bogolan* uni descendant jusqu'aux pieds, les plis luisant de sueur, de poussière et d'usure. Chacun tenait la tête haute, rehaussée du *danna goro*, le bonnet traditionnel des chasseurs avec ses deux pointes arrière recouvrant largement la nuque.

À la vue d'Abora, la surprise n'était pas feinte et, après de longues salutations, des discussions quasi fraternelles s'engagèrent pour s'ouvrir sur des souvenirs qu'ils étaient seuls à pouvoir partager, ponctuant régulièrement leurs propos de larges sourires complices.

Laissant les anciens à leurs retrouvailles, Atimé fit découvrir à Amato l'agencement des lieux où trois familles vivent quasiment en autarcie, à flanc de falaise, entre le ciel et la plaine environnante, à proximité d'une source au débit limité mais intarissable. Les femmes et deux jeunes filles apparurent, réservées, à côté de la grotte, devant leurs *ginna* exceptionnelles par leur disposition particulière. L'application de leurs salutations rituelles sonnait comme l'indication du seuil de la partie privée des lieux... Retrouvant Abora, comblé par ces retrouvailles, Atimé et Amato saluèrent à leur tour les chasseurs avant que tous les trois n'amorcent la longue descente, pénible, vers le village. Atimé profita d'une pause pour rappeler :

— Au pied de la falaise, à la sortie du village, une famille amie que Yassagou a retrouvée au dernier marché de Sangha, nous attend. Nous y passerons la nuit.

Ainsi, après les derniers rochers, une petite heure de marche, dans le sable cette fois, avait suffi pour qu'Amato, le plus jeune mais le moins aguerri, réalise que ses jambes se faisaient lourdes. Il n'osa en faire part ni à son père ni à son grand-oncle.

Le nom de chacun, tout en traduisant son origine villageoise, soulignait la cohésion et la solidarité au sein de la grande famille des Dogons. Aussi, pour les trois *Dolo*, l'accueil dans cette famille de *Dara* fut naturel et chaleureux. La proximité avec les *Témé* de Yendouma d'où était issue Yassagou, justifiait aux yeux de tous, un partage spontané du *tô* familial qu'un poulet de belle taille était venu exceptionnellement agrémenter. Après quelques mots échangés sur Sangha et les villages voisins, puis sur le site des Youga et l'importance que tous y accordent, depuis toujours, chacun s'installa pour une nuit réparatrice. Le fils aîné laissa sa place, par respect, au vieil Abora et rejoignit Atimé et Amato dans une pièce de la *ginna* qui, ne servant qu'occasionnellement, avait été partiellement vidée pour la circonstance. Deux grandes nattes et quelques pagnes pour éviter la fraîcheur de la nuit étaient suffisants pour atteindre le petit matin. Déjà préparés par les femmes à l'heure où les coqs annoncent la venue du jour, des beignets de mil abondamment sucrés, partagés aux premiers rayons du soleil, scellèrent définitivement les liens entre les deux familles qui ne manquèrent pas d'échanger des remerciements reconnaissants et des bénédictions pour Amato et ses accompagnants. Après ces dernières salutations, la journée commençait ainsi dans un sentier sablonneux, face à la masse rocheuse, imposante, des Youga que le soleil montant à contre-jour paraît d'une auréole.

En avant de la falaise comme une immense tour de guet, posée mystérieusement sur le sable, cette pyramide tronquée, énigmatique comme si elle veillait à se tenir à distance, paraissait plus haute que le plateau de Sangha, baigné de soleil, que les marcheurs laissaient dans leur dos.

À contre-jour, enveloppé dans cette lumière blafarde, opalescente, qui rendait ses formes incertaines, le site se ménageait une apparence irréelle impressionnant fortement Amato qui s'évertuait à ne rien laisser paraître de son émotion. Avançant à pas lents, mesurés, Abora se préparait pleinement, sereinement, à son rôle de passeur de connaissances et l'admiration qu'il éprouvait pour Amato le comblait. Il eut brièvement une pensée pour Atanou, son frère aîné, pour toujours dans la falaise, et il se sentait fier de le remplacer.

Après cette marche dans la piste ensablée et jalonnée d'épineux, ils arrivaient au pied de l'île rocheuse. Une pause s'imposait car la montée serait rude. De ce poste d'observation, Amato redécouvrait la magie du monde qu'il habite, lorsque les rayons du soleil, à l'aplomb de la falaise, y animent un kaléidoscope singulier où se brassent et s'entrecroisent les rides temporelles de la roche, les cicatrices de l'érosion, les guirlandes d'habitations *tellem*, les greniers chapeautés les plus proches et la rare végétation agrippée à la falaise.

Abora se leva lentement :

— Devant nous, il est l'heure de gravir cette échelle du temps qui conduit à notre origine.

De rocher en rocher, la progression était lente mais régulière sous la conduite d'Abora qui savourait pleinement l'instant :

— N'est-ce pas ma dernière venue à Youga ? pensait-il... L'important, c'est qu'Amato en connaisse le chemin.

Progressivement, sur la gauche, se découvrait presque inaccessible, le village de Youga Nah sur son balcon rocheux, sans qu'apparaisse le chemin qui peut bien y conduire. Mais, là n'est pas l'essentiel... La montée continue... Périodiquement, au détour d'un rocher, les épines d'un dattier sauvage rappellent au passant que le sol est aride, l'eau est rare et le soleil mordant. C'est ainsi que les trois hommes serpentaient lentement comme le *lébé* mythique, chacun s'accordant, discrètement, sur deux ou trois pas, une pause pour s'émerveiller, presque inconsciemment, intimement, en parcourant du regard la plaine qui s'étire de la falaise jusqu'à l'horizon vaporeux où aucun des trois n'a jamais eu l'occasion d'aller... Il n'en fallait pas davantage pour s'enhardir et continuer... pendant que l'émotion d'Amato ne cessait de grandir.

À l'approche des énormes blocs d'un chaos rocheux, des cris d'enfants annonçaient, enfin, les premiers murs de Youga Dogorou. Et, soudain, comme un rêve, un mirage, un décor hors du commun des Dogons ... Amato tenait à ne rien manquer de cette découverte dont il avait tant entendu parler. Là, à flanc de falaise, un retrait dans la paroi suffit pour abriter, pelle-mêle, une dizaine de *ginna* aux cours exiguës pour ne pas empiéter sur la place du village dont le contour est, depuis toujours, délimité par l'ombre d'un immense manguier. Comme gardiens dominant ces familles isolées de tout, dans un décor hors du temps, des vestiges d'habitations *tellem*, rondes, étonnamment bien conservées à l'abri de la pluie, créent une ambiance quelque peu fantomatique. Amato en avait la gorge serrée.

Curiosité géologique grandiose pour tous, Youga Dogorou est le point de passage obligé des nombreux *anasara* avides de randonnées à sensations et de sites majestueux. Ils trouvent là, chez un unique marchand les objets artisanaux les plus divers, soigneusement étalés, à l'extérieur, sur des nattes usagées, et, à l'intérieur de cet abri en banco largement ouvert et exceptionnellement spacieux où nos trois Dolo avaient vite apprécié les quelques sièges qui leur étaient proposés. Abora se vit même confier un chasse-mouches qui fut vite converti en éventail... Même si les étals ne manquent pas à l'entrée de la grotte sous Bongo, Amato prenait, ici, le temps de scruter méticuleusement une telle diversité...

Bien en vue, les statues en bois, en bronze et en fer forgé, comme tous les sujets sculptés, qu'ils soient exceptionnels ou d'un usage quotidien, ont été réalisées par les meilleurs forgerons des environs. Ils sont le reflet direct de la cosmogonie et de la tradition *dogon*. À proximité, pour les nombreux pagnes proposés, les femmes des cordonniers ont assemblé, une à une, les bandes de coton confectionnées, en continu, par les tisserands *dogon*. Puis, sur des modèles immuables mais variés, elles ont, grâce à des points, des torsions, des ourlets, soigneusement serrés et noués, décidé des motifs blancs qui doivent n'apparaître sur les pagnes qu'après les bains successifs dans la teinture préparée dans d'énormes jarres où les feuilles de *gala*, l'indigotier cultivé, ont longuement trempé dans l'eau additionnée de cendres de tiges de mil.

Par ailleurs foisonnent de nombreux objets de toutes sortes, pas toujours bien connus des Dogons et dont l'utilité leur est, le plus souvent, étrangère. Mais, avec les *anasara*, communément appelés *toubab*, l'espoir de vendre est toujours possible, après les inévitables et nombreuses palabres auxquelles tous ces gens de passage ne sont pas habitués et ne comprennent pas toujours l'importance traditionnelle. L'échange des propositions, base du commerce pour les Africains, n'est-il pas indispensable pour aboutir, progressivement, à conclure un accord raisonnablement satisfaisant pour l'acheteur, comme pour le vendeur ?...

Un instant, Amato se permit, en aparté, de faire remarquer à son père qu'un seul élément venait d'un autre monde que le leur : seule, placardée là depuis suffisamment longtemps pour que la rouille ait fait son œuvre, une ancienne plaque publicitaire métallique traduisait une fréquentation extérieure. Y figurait simplement une bouteille et un nom aujourd'hui évocateur pour tous : Coca-Cola...

Mais Abora, Atimé et Amato n'étaient pas venus pour faire du commerce et le marchand l'avait bien compris, laissant apparaître, dès l'échange des salutations traditionnelles, son contentement d'accueillir, pour une fois, des *Dolo* de Sangha. Il tint à en avouer, sans détour, sa satisfaction à Abora, en lui marquant clairement les marques de respect que les Dogons se doivent de manifester aux personnes de son âge. L'arrière de la boutique communiquant avec la cour de sa maison familiale, l'homme les invita à le suivre et, sans attendre, les convia à se rafraîchir au canari qui trônait à l'entrée, perché sur un support sculpté surprenant d'originalité. Il proposa aussitôt de faire une pause sur les sièges en vannerie qui, à la place des tabourets habituels, semblaient traduire une relative prospérité du commerce.

Après quelques échanges en réponse aux mots de bienvenue, Abora fit part de la raison de leur démarche et demanda à se retirer, par l'arrière de la *ginna*. Finalement, ils s'installèrent à l'écart, près des vestiges *tellem* dont la hauteur impressionnait Amato. Ils avaient alors, sous leurs yeux, autour de la place centrale, l'ensemble du village le plus emblématique de la cosmogonie et de l'esprit *dogon*.

Pendant un long moment de silence, Atimé et Amato de part et d'autre d'Abora, les trois méditaient, se recueillaient dans ce bain familial où chacun a toujours puisé pour renforcer son *nyama*, sa force vitale, dont les ancêtres continuent d'alimenter la source.

Puis, Abora parut réfléchir quelques instants mais ne tarda pas :

— Vois-tu, Amato, il est important d'être à Youga pour t'expliquer que notre vie dépend de deux étoiles. La première d'entre elles est *sigui tolo*, la plus importante, au centre du ciel, certains l'appellent Sirius. On la voit toute l'année. La seconde, beaucoup plus petite, invisible à nos yeux, est *fonio tolo* que l'on appelle aussi *digitaria tolo*. Elle met soixante ans pour faire, lentement, le tour de *sigui tolo*. C'est alors qu'elle apparaît, pointue comme un couteau, chaque nuit, pendant un mois. Elle annonce le renouvellement du monde et des humains, tel que l'a conçu notre dieu Amma. C'est, en même temps, l'évocation de la mort du premier ancêtre et de la transmission de la parole aux hommes.

Abora fit une pause et reprit, moins solennel :

— C'est à Youga Dogorou que *digitaria tolo* apparaît en premier. Il est alors temps pour Youga et les villages voisins de préparer la grande fête rituelle du *Sigui* que tous les Dogons vont finalement célébrer, de village en village, pendant sept ans. Il a lieu, à Sangha, la troisième année.

Abora resta un moment silencieux après cette évocation importante pour Amato, puis il en vint à des choses plus personnelles :

— J'ai toujours, en mémoire, deux choses. D'abord, Atimé est né l'année du *sigui* à Youga. C'est un bienfait des esprits qui durera toute sa vie. Lors du prochain *sigui*, à soixante ans, il fera partie des sages. Ensuite, Amato, je n'oublie pas non plus qu'avec ton grand-père Atanou, nous avons eu la chance de participer, activement, au *sigui* de Sangha. Je le revis chaque fois que j'y pense. Je ne verrai donc pas le prochain, mais tu auras l'âge d'y représenter notre famille. Je sais que tu seras prêt...

Le soleil était au plus haut. Il fallait reprendre le chemin encore long et difficile. Abora se leva, lentement, pour échanger les dernières salutations. Là, le marchand lui exprima, sans détour, sa profonde admiration pour le courage et la conviction d'un vieil homme dans son rôle de passeur de connaissances. Son épouse s'approcha discrètement pour offrir quelques beignets de mil encore chauds qu'elle venait de préparer, pendant que le mari leur fit l'honneur de partager une calebasse de *koñio*. Un moment que chacun n'était pas près d'oublier...

Après avoir remercié longuement et donné ses bénédictions, Abora, montra le chemin avec son *dege baga* et se dirigea progressivement vers une profonde faille qui paraît éclater l'énorme masse rocheuse. Là, très vite, la progression se fait au fond d'un défilé impressionnant à plus d'un titre. Tout en suivant les pas d'Abora et d'Atimé, Amato constatait que le haut des parois rocheuses était difficile à localiser et laissait à peine entrevoir un bout de ciel que la chaleur et l'harmattan commençaient à griser. Plus loin, le passage encore plus étroit, taillé dans la roche, longe une réserve d'eau pendant quarante ou cinquante pas. Atimé avait tenu à souligner :

— Ce sont les hommes qui ont, en grande partie, creusé ce bassin dans la roche et c'est tout ce qu'il reste des pluies orageuses de juin à septembre. C'est la seule ressource en eau pour les villageois.

Plus loin, au fond de ce boyau rocailleux, seule une *bilù*, l'échelle *dogon* taillée dans un tronc d'arbre venu d'ailleurs, permet, à un passage difficile, de poursuive vers le sommet.

— J'avais oublié cette *bilù*. Elle est pourtant célèbre, s'exclama Abora, en franchissant cet obstacle insolite, marche après marche, avec beaucoup de précautions. La fatigue commençait à se faire sentir...

L'ascension terminée, le décor grandiose s'offre au randonneur comme une récompense. Un immense plateau de grès tourmenté, lustré et poli par l'érosion, offre, en tournant lentement sur soi, une vue extraordinaire non seulement sur la plaine sablonneuse qui court à l'infini, jusqu'au Burkina, mais aussi, au-delà de la falaise, sur le plateau *dogon* dont Youga faisait initialement partie.

Tout en poursuivant la marche, Amato ne fut pas sans remarquer qu'au loin, dans la vapeur tremblante montant des roches surchauffées, l'horizon improbable faisait danser les esprits... Cette découverte était alors définitivement mémorisée et associée à la magie de ce site légendaire dont il se souvient toujours avec émotion.

Sur le versant nord, seules les observations d'Atimé et l'expérience d'Abora permirent de se frayer un chemin au travers des immenses blocs rocheux qui dominent, finalement, Youga Piri. Descente difficile, prudente, pour des jambes alourdies par la fatigue, où Abora jugea préférable de faire une halte en pensant que le terme était encore loin.

Finalement, le troisième Youga fut, pour Amato, un véritable enchantement auquel Abora et Atimé n'étaient pas insensibles. Assis à l'ombre d'une falaise parfaitement verticale et fuyant vers un ciel devenu bleu, tous les trois scrutaient méticuleusement les moindres anfractuosités, littéralement truffées, festonnées d'habitations *tellem* parfaitement conservées malgré leur abandon depuis cinq ou six siècles. Les différentes strates parallèles de la roche avaient permis d'y réaliser d'apparentes constructions à étages. Seul Amato se laissait prendre au jeu de deviner, de l'extérieur, quelles pouvaient être les communications les plus courantes, horizontalement et verticalement. Abora et Atimé l'approuvèrent lorsqu'Amato avoua n'avoir jamais connu, jusqu'alors, pareille densité d'habitations *tellem*.

Au pied de la falaise, depuis des générations, immuablement, rocs, *ginna* et greniers sont soigneusement imbriqués pour laisser la place à une *togùna* haut perchée, comme pour surveiller le quotidien d'une vingtaine de familles.

Après un dernier regard vers ce site insoupçonnable, il fallait continuer pour arriver avant la nuit, dans ce hameau, près de Yendouma, où Yassagou a vu le jour. La fatigue aidant, le long d'une piste peu fréquentée mais fort sablonneuse, trois heures de marche parurent interminables. Le poids des ans rendait hésitantes les vieilles jambes d'Abora. Le souffle court, sensiblement plus voûté, il appuyait de plus en plus nerveusement sur son *dege baga* pour ne rien laisser paraître de la fatigue qui l'envahissait. Amato, malgré ses vingt ans, constatait son manque d'entraînement pour les marches prolongées, mais il était courageux et fier. En son for intérieur, il se sentait déjà infiniment reconnaissant à son oncle Abora d'avoir guidé ses pas pour une telle découverte, et de lui avoir accordé, déjà, une telle confiance pour cette transmission des connaissances venant directement des ancêtres. Silencieux, Atimé goûtait avec sérénité d'être encadré par son cher Abora et son fils aîné, pour une telle démarche. Comment pourrait-il ne pas être fier de sa famille... ?

Ils étaient enfin arrivés. Dès l'entrée de la *ginna*, ils échangèrent les premières salutations tout en puisant, à tour de rôle, dans le canari familial, une eau rafraîchie que leurs corps attendaient depuis des heures. Dans la cour, les nattes, sièges et tabourets qui les attendaient furent vite occupés… Le père de Yassagou était maintenant extrêmement diminué par l'âge, presque impotent, immobilisé par des jambes usées, meurtries sous le poids des ans. Sa vue ne lui permettait plus de voir distinctement, mais en apprenant la venue des *Dolo* et en entendant la voix d'Atimé qu'il portait en grande estime, il ne cachait pas le plaisir que lui apportait une telle visite même si elle ne lui avait pas été annoncée. Tout en renouvelant les salutations et les mots de bienvenue, tout en demandant des nouvelles de Yassagou et de la famille, il hochait régulièrement la tête et, assis, les coudes appuyés sur les genoux, il balançait avec insistance ses deux mains jointes, même si ses doigts noueux n'étaient pas très dociles. Son visage exprimait clairement sa satisfaction et sa sérénité du moment.

Le frère de Yassagou était commerçant dans toute la plaine, tant en direction de Koro, au sud, que, vers le nord, jusqu'à Douentza. Malgré ses fréquents déplacements, il était resté fidèle à la *ginna* de ses ancêtres où il pouvait retrouver souvent son vieux père et Aïssa, son épouse, sa seule épouse car ils en avaient décidé, librement, ainsi…

Il était absent, ce soir-là, et le regrettait sûrement… Toutefois, avertie par Yassagou, Aïssa avait fait le nécessaire pour accueillir cette halte sur le chemin initiatique exemplaire, décidé pour l'un des membres de la famille de Yassagou… Elle leur avait préparé le couscous de fonio des jours exceptionnels, et ils l'avaient partagé en tant que tel… Le Père de Yassagou manifesta, plusieurs fois, son admiration pour cette démarche familiale, ô combien initiatique pour Amato…

La lumière du jour avait basculé depuis longtemps derrière la falaise. La lune, déjà présente et généreuse, semblait n'éclairer, autour de la *ginna*, que ce hameau retiré, installé autour d'un puits, pour trois ou quatre familles, à distance de Yendouma. La fatigue aidant, il fut décidé, pour ménager les forces d'Abora, de partager, ensemble, sur place, la journée du lendemain. Seul, Amato eut du mal à s'endormir. Les paupières closes, il avait déjà refait plusieurs fois le parcours de la journée lorsque le sommeil le submergea…

Yendouma

Au réveil, Amato fut particulièrement surpris par le silence ambiant. L'animation intense et rythmée des coqs, des pilons et des éclats de voix de Bongo lui manquait... Mais, cette impression étrange passée, il eut tôt fait de rejoindre, au milieu de la *ginna*, les tabourets de bois sculptés, patinés par les orages abondants et grillés par un soleil impitoyable. Chacun était prêt à déguster les traditionnels beignets de mil qu'Aïssa avait déjà égouttés de leur huile et abondamment sucrés. Les échanges de salutations rituelles et amabilités marquaient alors le début effectif de la journée... Aussitôt après, Amato eut la confirmation que, autour de lui, le village où était née Yassagou, isolé, en avant de la falaise, s'était progressivement dépeuplé. Il ne regroupait plus, à proximité d'un ancien puits sans margelle, que quatre ou cinq modestes *ginna* occupées en permanence. Peu après, son père, Atimé, lui confirma :

— Sais-tu, Amato, que, dans tous les petits hameaux de culture, à l'écart de la falaise, la même évolution se manifeste ? C'est seulement au moment des semailles, récoltes et autres travaux, chaque année, qu'une population, active mais limitée, revient en occupant les autres *ginna*, sommairement entretenues, subsistant entre des restes de murs en banco, plus ou moins en ruines... Ce phénomène de dépeuplement des petits hameaux se poursuit d'ailleurs, en s'éloignant davantage de la falaise et chaque fois que le point d'eau se tarit ou se détériore...

Abora ajouta :

— Sur le plateau, c'est identique. Les trop petits hameaux ont les mêmes difficultés pour se maintenir, chaque fois que le nombre d'habitants se fait insuffisant et rend les conditions de vie trop ingrates pour y vivre continuellement.

Pour agrémenter cette journée de tranquillité, Abora opta pour une journée de repos, en compagnie du père de Yassagou qu'il connaissait finalement trop peu, jusque-là. Avec ses deux habituels voisins, les sujets ne manqueraient pas, entre eux, pour tisser le fil de la parole... À défaut de *togùna,* l'ombre d'une des *ginna* ou d'un vieux *balazan,* y serait propice... De son côté, Atimé s'était préparé à conduire Amato pour une visite de Yendouma. Yassagou l'avait clairement signalé, plusieurs fois, comme son village fétiche, paisible, harmonieux... même si elle ne l'a découvert qu'à près de vingt ans, en revenant de Koro où elle a vécu toute son enfance, chez sa tante qui l'a élevée...

Les deux « Dolo », père et fils, ont dû, dans un premier temps, traverser une immense zone de pâture occupée, à cette époque de l'année, par les troupeaux de zébus et de chèvres que les bergers peuls conduisent, çà et là, inlassablement. Avant de les guider, plus tard, sous d'autres cieux... Plus loin, la présence et la disposition des nombreux marigots, grands ou petits, permettent de localiser, instinctivement, une bande de terre plus arborée car moins assoiffée qui court au pied de la falaise et qui, chaque année, sait attendre les premières pluies de l'hivernage. C'est aussi dans cette zone que, près du village, les anciens ont su implanter, probablement sur un même fil d'eau, les puits bâtis dont la population a besoin. Naturellement, le maraîchage y est très développé. Comme souvent, c'est l'affaire des femmes qui savent remarquablement s'organiser collectivement. D'après Yassagou, dans ce domaine, Yendouma est un modèle pour les Dogons de la plaine du Seno.

À l'approche de la falaise, dès que l'œil permet de discerner les détails, Yendouma, gros village emblématique d'une originalité sans pareille, apparaît majestueux, niché dans un écrin exceptionnel. Au fil du temps, la falaise a su y abandonner sa verticalité pour se déstructurer en une multitude d'énormes blocs rocheux, s'imbriquant les uns sur les autres en autant de marches stables et accueillantes pour une densité élevée d'habitations en banco. Comme pour animer un décor de fête, les greniers, encore plus nombreux, sont répartis en guirlandes, avec le plus grand bonheur. Souvent regroupés, tous parfaitement chapeautés en paille d'andropogon, ils donnent à l'ensemble une impression d'abondance vraisemblable et de sérénité. Artères vivantes de ce kaléidoscope géant, les coursives, tortueuses à souhait, s'y devinent plus qu'elles n'apparaissent, comme pour préserver l'intimité de la vie communautaire. Dans ce décor intensément harmonieux, les cris des enfants qui jouent et le rythme cadencé et sourd des pilons rappellent, sans cesse, la vitalité des lieux. Venant rarement dans ce village exceptionnel, Atimé en profita pour aller saluer quelques connaissances amies, artisans ou marchands habituels du marché de Sangha. Ce fut aussi l'occasion de se désaltérer à l'eau fraîche d'un canari, chez l'un, ou en faisant « tourner la calebasse », avec d'autres, chez une *dolotière*, selon le hasard des rencontres...

Finalement, avant de rentrer, Atimé et Amato s'accordèrent une pause sur un vieux tronc faisant office de banc public, face à l'immense mare où se reflètent et se mêlent les abords du village et les énormes nimiers voisins. Silencieux, ils ne pouvaient que déguster ces instants partagés en tête à tête. C'était l'heure où, chaque jour, en un instant magique, le soleil bascule, plein ouest, vers le plateau de Bandiagara. Alors, à l'opposé, face à Yendouma, pour ne pas rompre l'équilibre naturel, l'ombre portée de la falaise pressait la lumière du jour avant de la poursuivre désespérément au fin fond de la plaine, jusqu'à dilution complète des couleurs. Au loin, en arrière-plan, surgissait de la plaine la masse rocheuse des Youga, voilée par les restes de poussière portés par l'harmattan qui paraissait se calmer... Habitué à la situation dominante de Bongo, Amato était quelque peu troublé par ce double balancement naturel qui, en fin de journée, enveloppait ce village. Mais, il s'y sentait étrangement bien...

Atimé était attentif à rejoindre l'oncle Abora avant que la nuit ne tombe sur ce hameau perdu, lieu de naissance de Yassagou, sa *ya silè*, la femme qu'il s'était choisie, aidé par le hasard et les bons génies... Là, après quelques propos pendant le partage du plat servi par Aïssa, Amato ne put s'empêcher de remarquer que, trop peu nombreuse et sans enfant, une famille *dogon* s'éteint vite... Il était enfin l'heure que chacun rejoigne sa couche...

Naturellement, très tôt le matin, par habitude, chacun était prêt. Il fallait bien rejoindre Bongo... Toutefois, après cette halte mémorable dans la *ginna* des *Teme*, les échanges de salutations rituelles étaient renforcés par la qualité des liens qui unissaient les deux familles. Quant au père de Yassagou, il avait bien du mal à mettre un terme aux bénédictions qu'il avait tenu à formuler... Finalement, le soleil était bien présent lors du départ des trois *Dolo*. À la demande discrète mais claire de l'oncle Abora, le chemin du retour passerait au pied de la falaise, même si le sable ralentissait la marche et les jambes étaient lourdes des efforts consentis pour un tel périple. Ainsi, pendant ces trois jours, Abora, Atimé et Amato, au rythme régulier de leur *dege baga,* dégustant leur complicité familiale, prenaient le temps d'évoquer, avec minutie, les lieux historiques qu'ils venaient de parcourir et partageaient l'intensité de leur démarche rituelle. D'ailleurs, Abora n'avait pas tardé à confier son ravissement d'avoir pu conduire ce cheminement initiatique :

— Vois-tu, Amato, la connaissance des trois Youga est indispensable à l'initiation d'un Dogon cultivé, et tu n'auras pas forcément le loisir d'y revenir de sitôt. Aussi, comme mes jambes ne m'y conduiront plus, je suis comblé d'y avoir guidé tes pas...

Pendant la traversée du village de Koundou, le soleil commençait à s'affirmer en prenant de la hauteur. Point central de retrouvailles, dans le vieux puits sans margelle, les quatre rondins de caïlcédrat sont lacérés depuis toujours par les va-et-vient des cordes familiales tirant une poche de cuir rempli d'eau, ou quelque bidon de récupération quelque peu déformé. Il y avait là, pour tous, naturellement, comme une invitation au rafraîchissement. Vu leur nombre réduit, les femmes y avaient déjà terminé leur premier tour d'eau pour la *ginna*, pour la famille. C'était plutôt l'heure où les enfants donnent à boire aux bêtes. Aussi, l'espace se trouvait occupé par ceux des jeunes garçons dont la tâche essentielle était, le plus souvent, la garde de quelques chèvres. D'ailleurs, habituées des lieux, les plus hardies d'entre elles osaient grimper sur les talus de terre adossés aux premiers éboulis de la falaise. Les touffes d'herbe y étaient beaucoup plus vertes, mais ne résistaient que peu de temps.

Après cette courte pause, les trois hommes s'étaient remis en chemin sur cette piste abondamment sablonneuse qui progresse, comme par précaution ou par respect, à quelque distance du pied de la falaise, immense, omniprésente. Assuré par son *dégé baga,*

Abora réglait sa marche pour la durée. Son pas était sûr, lent, régulier... Sa parole « huilée » était rassurante. Le chemin se faufile ensuite au sein de cette végétation intensément sahélienne qui a semé, de-ci, de-là, d'énormes bouquets d'épineux où les dattiers sauvages sont largement représentés.

Plus loin, la piste franchit un talus depuis que l'énorme souche d'un nimier ancestral fut arrachée par les pluies ravageuses d'un lointain hivernage... Soudain, comme un éclair, jaillit un oiseau bien connu, mais fort impressionnant à plus d'un titre. Arrivant précipitamment de l'arrière, côté falaise, par un dérapage nerveux, après une figure acrobatique et heurtée, il venait de se jeter violemment, en opposition au-dessus d'eux, au passage des trois hommes. En se bloquant dans les airs par des battements d'ailes saccadés, il poussa un cri aussi rageur que puissant... Certes, personne ne prétend qu'il chante, mais son cri est aussi rauque et violent que ses ailes et son plastron sont d'un bleu turquoise parmi les plus intenses. Face à ce véritable spectacle aussi inattendu qu'émouvant, Atimé, ébahi sous l'effet de la surprise, ne sut que tendre un bras vers cette apparition et crier :

— *Gôrô* ! *gôrô* !... le rollier, le rollier !...

Comme toujours, le rollier, avant tout, se met en scène comme il le souhaite, et il crie le message qu'il porte, à sa façon. De toute évidence, il s'adresse à la personne ou au groupe qui lui fait face. Puis, d'un coup d'aile, énergique comme une signature, presque rageur, il s'évacue sur le côté, comme pour une dernière parade, déployant son plumage hors du commun, tout en nuances de bleus, marine ou turquoise, toutes plus affirmées les unes que les autres.

Après un tel évènement, personne n'oublie jamais que *gôrô*, le rollier, est venu vers lui pour l'interpeller... Bien sûr, il est délicat d'interpréter son langage secret. Mais, avant tout, personne n'ose négliger la position du rollier dans les airs, au moment où il crie. Tous les Dogons savent qu'il apporte avec lui l'avenir ou, tout au moins, ses prémonitions relatives à ceux qu'il apostrophe. L'homme ne saurait, en aucun cas, négliger son message... Ainsi, en cheminant, les trois hommes avaient su prendre le temps d'analyser, d'interpréter cette manifestation subite, cette interpellation du *gôrô*.

Amato avait certes déjà vu, plusieurs fois, des rolliers évoluer mais uniquement dans un décor plus naturel, plus familier comme celui des troupeaux, friands des moustiques et autres insectes qui accompagnent. Mais, il ne s'était jamais trouvé dans une telle situation... Abora et Atimé s'étaient rapidement mis d'accord pour constater que le *gôrô* leur faisait parfaitement face, au moment de se manifester bruyamment. Spontanément, ils y ont vu la clarté de l'avenir de la famille et, spécialement, un encouragement intense pour Amato à poursuivre sur la voie qu'il s'était tracée avec le soutien de la famille. Pour eux, c'était au moins du domaine de la conviction intense.

Par contre, Abora et Atimé ont beaucoup parlé, beaucoup échangé, tout en restant très évasifs concernant le vol nerveux et saccadé du rollier. Quels risques pouvait-il craindre ? Quel évènement pouvait-il redouter, voire annoncer ? Pourquoi s'être manifesté au pied de la falaise, avec tant d'ardeur ? Déjà, l'arrivée du *gôrô*, en dérapage aérien, les avait très vite inquiétés. Elle pouvait laisser penser que le rollier était fort préoccupé par des sujets plus importants, plus préoccupants, et pour des personnes autres que, seulement, celles qui passaient leur chemin. Son départ plutôt prématuré, presque heurté, signalait-il une notion d'urgence, d'importance ?... Qui y avait-il à lire dans cet avertissement original ? Abora et Atimé se sentaient ainsi investis, chargés d'un devoir de transmettre le message... Mais, lequel... et à qui le répercuter, à la famille, au village, à toute la communauté *dogon*... ?

Abora et Atimé laissaient donc leurs questions sans réponse, leur réflexion en suspens, en se promettant bien d'y consacrer prochainement un moment de réflexion, de méditation...

Le hogon d'Arou

Peu après, la piste contourne trois ou quatre *ginnas* qui doivent leur maintien à un bienfait de la nature. Une source suinte au pied de la falaise mais n'a jamais tari. Près de là, trois jeunes garçons interrompirent leur jeu avec des ustensiles dont ils avaient seuls la signification, pour saluer les adultes passant, puis ils s'éclipsèrent en courant, dans un grand éclat de rire insouciant. Abora s'approcha alors de la vasque naturelle pour se rafraîchir et, à genoux, se baigna longuement le visage, avant de déguster deux gorgées de cette eau rare, toujours fraîche. La fatigue commençait-elle à le gagner ? Il n'en laissa rien paraître, même s'il se posa, près de là, sur un rocher qui invite au repos et à la méditation. Mais, il tenait à prolonger sa mission auprès des siens. Le lieu y était propice. Assis, la tête posée dans le creux de la main droite, la main gauche accrochée à son *dégé baga*, il reprit le fil de la parole :

— Notre présence au pied du village d'Arou nous impose de nous y rendre aujourd'hui, pour l'éducation de notre fils et parce que, à mon âge, je n'aurai pas de raison d'y revenir.

— Amato, chacun sait depuis toujours que, dans chacun de nos villages *dogon*, le *hogon*, notre chef spirituel, isolé de sa famille, offre sa fin de vie pour veiller à la sérénité des vivants, à la lumière de l'esprit des ancêtres. Ultime médiateur pour les conflits qui ne trouvent pas d'issue à l'abri de la *togun*a, son immense sagesse et son expérience lui permettent de ramener le calme et la justice dans les situations où la coutume et la tradition ont atteint leurs limites. Au-delà, seule autorité spirituelle ultime pour tous les Dogons, le *hogon* d'Arou descend directement de la première famille venue s'installer jadis, près de la falaise. Enfin, c'est lui seul qui se prononce sur les questions les plus complexes de l'animisme, fondement profond de notre culture... L'occasion nous est donnée de nous y rendre aujourd'hui !...

Amato, Atimé et Abora se sont aussitôt engagés dans un défilé encaissé où seuls les baobabs ont su résister, dans l'amoncellement d'énormes rochers, aux fortes pluies des hivernages qui dévalent, chaque année, à gros bouillons. Là, point de sentier apparent, seulement quelques pierres lustrées par le passage de tant et tant de pas de ces femmes pressées rentrant à leur *ginna* ou de chasseurs de singe de retour de leur planque. Plus loin, lorsque la pente se fait moins raide, les rochers plus petits, la végétation plus abondante, les chants des oiseaux les plus divers se renouvellent sans cesse, comme pour rappeler à chacun que ces lieux inspirent à tous réflexion et méditation.

Un plateau intermédiaire permet ensuite d'apercevoir, pour la première fois, tout en haut perché, le village d'Arou, ce site que domine, comme érigée vers le ciel, la maison du *hogon* suprême. Là, si les baobabs se font plus rares, les arbustes les plus divers se voisinent et s'entremêlent dans une harmonie apaisante. De-ci, de-là, poussent abondamment des andropogons, hautes herbes sauvages que la nature donne pour chapeauter les greniers ou tresser l'ossature des paniers *dogon*, à fond carré et bord circulaire.

Tout en se rapprochant de ce haut lieu de l'animisme, le calme s'impose et procure une sérénité indéfinissable mais persistante. Il n'y a pas de promeneur. On ne passe pas à Arou, totalement isolé. On y vient, on s'y rend par respect pour les Dogons, pour ce site, pour ce qu'il représente, le point d'ancrage et le repère ultime de toutes les convictions... Finalement, longeant un rocher sacrificiel abondamment maculé par les offrandes de bouillie de mil et de sang de poulet, le passage étroit conduit à cinq ou six maisons vénérables en banco accompagnées d'autant de greniers tout aussi traditionnels. L'ensemble est occupé, depuis toujours, par la famille à qui, de génération en génération, ont été confiées la garde et la protection du *hogon*.

Ce temple de l'animisme est accessible après avoir, au préalable, donné quelques jetons pour des noix de cola et un billet pour un poulet qui sera prochainement sacrifié... Quelques rochers à gravir encore et voilà, dominant une placette circulaire, la maison du *hogon* avec sa façade à niches multiples remplies d'offrandes les plus diverses. Comment donc, aussi isolé que rassurant, d'un dénuement qui confine à l'austérité, ce lieu peut-il bien inspirer, pour les générations successives, autant de respect, de recueillement et de sérénité ?

Étreint d'une émotion intense, Atimé se posait comme un lien, un trait d'union entre les convictions éprouvées de l'oncle Abora et la consciencieuse ouverture d'esprit de son jeune fils Amato. Un moment d'affectueuse complicité qui le comblait d'une intense satisfaction... Les trois hommes se posaient quelques questions lorsqu'ils ont été informés que le *hogon* d'Arou était décédé depuis deux mois et que son successeur n'était toujours pas désigné... Quelques instants ont alors été consacrés aux salutations rituelles du frère du *hogon* défunt qui recevait les rares visiteurs. Au fond d'une case semi-obscure, étendu sur une natte effrangée, affaibli par un état de santé visiblement précaire et une vue diminuée qui cherchait la lumière faute de voir les gens, ce vieillard sans âge n'avait pas oublié, pour autant, de leur promulguer ses bénédictions quant à leur santé et leur avenir. Ce fut, pour tous, un moment humainement fort... !

Le soleil ayant dépassé son point culminant leur rappela alors la nécessité de se mettre à nouveau en chemin. La descente les ramena lentement au pied de la falaise où la lumière allait se faire progressivement rare. Mais, même envahie de sable par endroits, la piste du retour leur était familière, et Ibi, village emblématique perché sur les éboulis, leur paraissait toujours aussi majestueux, dominé par l'immense promontoire rocheux qui n'est pas sans évoquer, visible du plus lointain de la plaine sablonneuse qui vient du Burkina, la tête d'un chat sauvage ou de quelque animal de conte fantastique...

Plus loin, le long chemin sablonneux s'étire jusqu'à Dini, village toujours très fréquenté le jour de son marché hebdomadaire. Entre les quelques arbustes qui longent la piste, la lumière du jour commençait à vaciller. Intimement, sans mot dire, chacun avait une pensée pour Atanou dont la santé y avait fléchi définitivement lors d'une de ces rencontres hebdomadaires, presque rituelles, qu'il ne manquait sous aucun prétexte.

La nuit n'allait pas tarder à envelopper la falaise, lorsque les trois hommes se faufilèrent entre les premières habitations de Banani. Ils se sentaient déjà chez eux, même si, à la fin d'une journée surchargée de fatigue, d'émotion et de ferveur, les jambes se faisaient inévitablement plus lourdes. Accroché à son *dégé baga*, Abora, même s'il souhaitait ne rien laisser paraître, se courbait de plus en plus, pendant qu'il raccourcissait ses pas. Que n'aurait-il pas fait pour mener à bien le parcours initiatique qu'il venait d'offrir aux siens ?... Lors d'une dernière halte rapide, au pied des mille marches qui montent vers Gogoli, à l'entrée de Bongo, il avait saisi le bras d'Amato, longuement, avant de lui confier l'essentiel :

— Le chemin des trois Youga sera dorénavant le tien. Quoi que tu fasses, quoi qu'il arrive, tu sauras t'en souvenir... Rentrons... !

Bamako

Tout en aidant énergiquement aux cultures familiales qui annonçaient les premières récoltes, pour une fois prometteuses, de mil et autres céréales, Amato sentait en lui que le début de ses études à l'université devenait de plus en plus concret et il en ressentait une forme d'impatience diffuse mêlée d'inquiétude.

Ainsi, début novembre, Amato avait rejoint Bamako, pour la première fois de sa vie... Seul, pendant onze à douze heures, dans ce bus brinquebalant qui chemine, chaque jour, vers la capitale du pays, il avait découvert avec infiniment de curiosité, montant ou descendant à chaque arrêt, une multitude de gens forts différents qui devaient, selon ses premières suppositions, refléter la panoplie des ethnies qui se voisinent, cohabitent ou s'unissent selon les régions les plus diverses, essentiellement le long du fleuve Niger. C'était, pour lui, la première représentation humaine du Mali, pays qui allait progressivement devenir son repère essentiel dans le cadre de ses études, puis, finalement, tout au long de sa vie.

Comme convenu depuis de longs mois, Amadou, son grand-père de Dini, avait alerté Ogobara, l'oncle de Bandiagara, qui tenait à poursuivre son aide affectueuse et familiale, commencée pendant les années au Lycée. À Bamako, comme il l'avait fait pour les enfants d'Ogobara, un ami fidèle, Inogo Poudiougo, lui-même descendant lointain d'une famille issue d'Amani, au pied de la falaise, avait accueilli Amato, à sa descente du bus, pour guider ses premiers pas. Comme un enfant de la famille...

Inogo Poudiougo avait pris la succession de son père comme commerçant spécialisé dans les vêtements, les tissus et les étoffes les plus diverses. Il exploitait sa boutique, en plein centre de la vieille ville, dans le quartier de Baladabougou, à proximité du marché du même nom, où il tenait également un étal. Sa réputation était acquise depuis longtemps et ses affaires étaient certes discrètes mais florissantes. Le décès accidentel, il y a une dizaine d'années, de ses deux seuls fils, avait brisé sa vie. Gravement meurtri, il avait toutefois tenu à atténuer sa peine et se motiver à nouveau, en apportant son aide à des jeunes méritants et motivés, ayant la même origine que lui. Même s'il n'y avait jamais vécu, la falaise avait toujours été, pour lui, un point d'ancrage indéfinissable.

Il accueillait déjà, depuis quelques mois, un autre étudiant venu de Kayes, au nord de Bamako, en direction de la Mauritanie. Le jeune Bassirou était à la recherche de ses racines ancestrales. Il savait simplement que son nom, Dara, venait du pays *dogon*, de la falaise, mais sa quête d'identité, guidée par son intuition, l'amenait à faire preuve d'une plus grande curiosité. Il avait uniquement demandé aux deux jeunes de se rendre utiles, lorsque leurs activités d'étudiants le leur permettaient, à la boutique et au marché, essentiellement en cas de manipulation importante. C'était bien la moindre des choses...

Ils avaient été installés à l'arrière de la boutique, dans une pièce spacieuse donnant sur la cour intérieure de la maison. Dès le premier jour, leur rencontre fut des plus prometteuses. Ils avaient tant à échanger, à découvrir et, ensemble, leur soif d'apprendre était décuplée...

D'emblée, Bassirou avait confié à Amato ce qu'il connaissait de son histoire familiale. Il était ainsi établi que son grand-père paternel servait dans l'armée coloniale française, au Camp de Nioro du Sahel, site isolé près de la frontière mauritanienne, en 1960, lors de l'indépendance du Mali. Mais son parcours antérieur restait, pour Bassirou et les siens, un mystère qui restait à élucider. Sachant pouvoir compter sur sa famille, Amato l'avait aussitôt assuré de son soutien et de son implication, lors de ses séjours périodiques sur la falaise. Quittant la vie militaire quelques années après, il avait trouvé un emploi à sa mesure comme intermédiaire chargé d'accueillir certaines *azalaï*, les caravanes de sel gemme en provenance de Taoudéni, et d'en assurer la commercialisation vers l'Ouest, en direction du Sénégal. Avec son épouse *soninké*, il s'était fixé à Diabarou, au nord de Kayes, pour s'essayer à la dure passion de l'orpaillage, avec quelque réussite, semblait-il. Mais les rudes conditions de la vie qu'il s'était imposée avaient eu raison de sa santé. Il décéda prématurément sans atteindre quarante-cinq ans. Son fils aîné, Ibrahim, père de Bassirou, s'était alors, lui aussi, pour subvenir aux besoins de la famille, lancé dans l'orpaillage, près de Diabarou, pendant quelques années, avant de s'installer à Kayes, en 1990, comme commerçant en tissus et vêtements. C'est ainsi qu'était née sa relation professionnelle et finalement amicale avec Inogo Poudiougo, son fournisseur essentiel, et le souhait de ce dernier de soutenir le jeune Bassirou pendant ses années d'études dans la capitale.

À bientôt soixante ans, homme à la stature imposante et au charisme naturellement rayonnant, Inogo savait pourtant se faire discret, mesuré. Chaque fin de journée, il revêtait son boubou de basin immaculé, simplement rehaussé d'une fine broderie sur la poitrine. À pas lent, il se rendait à la mosquée voisine. Il ne manquait jamais la prière du soir. Après une journée active dans sa boutique, c'était souvent sa seule sortie de la journée... À son retour, il lui arrivait, de plus en plus souvent, de s'installer dans sa cour, pour rejoindre son fauteuil en bambou à haut dossier, endroit habituel de repos et de méditation qu'il affectionnait. Après un long moment de silence, il disposait au sol ses deux tapis de bienvenue et invitait Amato et Bassirou à venir le rejoindre. Il avait un plaisir évident à les écouter échanger leurs impressions, leurs avis, leurs projets, n'hésitant pas à s'exprimer, mais avec retenue et bienveillance, sur les sujets abordés. Si Bassirou n'avait connu que l'Islam autour de lui, Amato, particulièrement mûr et engagé pour son âge, s'exprimait déjà avec sa passion naturelle, spontanée :

— À Bongo, j'ai toujours vu, même en petit nombre, des musulmans aller, par libre choix personnel, à la petite mosquée, face à l'entrée de la grotte qui traverse la roche, sous le village. Ils n'en travaillent pas moins, comme nous, pour nourrir leur famille. Ils partagent l'essentiel de nos coutumes et de nos fêtes. Ils respectent nos rituels et sont même présents à certains d'entre eux. Nous pratiquons ensemble notre langue ancestrale, le *dogo so*. Ils font donc toujours partie de leur famille comme ils ont toujours leur place dans la communauté villageoise dont ils respectent les règles et les usages. Ce sont toujours nos frères *dogon* qui participent à la diversité de notre peuple. Pour préserver notre unité, la tolérance doit rester réciproque et chacun est libre et responsable de son chemin. Les miens me l'ont toujours enseigné...

Ces échanges étaient ainsi des moments forts que chacun d'eux appréciait, au fur et à mesure de la fréquence de leurs discussions... Par sa présence et son soutien, Inogo marquait ainsi l'intérêt qu'il portait aux préoccupations et aux espoirs des jeunes qu'il avait accueillis sous son toit et qu'ainsi il encourageait...

Au fil des jours, les deux étudiants avaient sympathisé à tel point que Bassirou s'était laissé convaincre de suivre Amato pour rejoindre l'Association des étudiants *dogon* de Bamako. À moins de vingt ans, ils sentaient qu'ils en avaient besoin pour se rassurer, pour y trouver réconfort, renseignements et conseils. Dans ce creuset culturel, Amato réalisa très vite que tous avaient le même objectif, avant tout préserver et faire vivre leur culture *dogon*, chacun apportant ses particularités, au service d'une même identité. Pouvait ainsi s'exprimer pleinement sa fidélité aux siens. Comment ne pas avoir des pensées reconnaissantes et renouvelées pour ceux qui l'avaient aidé à grandir, à être ce qu'il est, ce jeune étudiant en qui sa famille a placé tant d'espoir ?

Amato y avait ainsi rapidement consacré une partie de son temps, avec deux amis, à composer des proverbes, saynètes ou contes, dans l'esprit de ceux qui avaient modelé ou marqué son enfance et son adolescence. Le but était non seulement d'intéresser ou de divertir, mais aussi et surtout de basculer les connaissances orales qu'ils avaient acquises vers une forme écrite accessible, pour contribuer à sauvegarder leur culture. Les souvenirs des propos du vieil Atanou, son grand-père, ou de l'oncle Abora qu'il venait à peine de quitter, s'y prêtaient à merveille. Il lui suffisait de se remémorer quelques fins de journées, sous la protection du baobab plusieurs fois séculaire ou contre la porte de la *ginna* familiale. Ce devoir de mémoire et de sauvegarde lui tenait à cœur. Amato en tirait ainsi une satisfaction mesurée mais réelle d'avoir reçu une telle éducation. En faisant place ouverte à ses souvenirs, il rédigeait avec rigueur les pensées les plus remarquables susceptibles d'attirer un large consensus parmi les Dogons, mais aussi, espérait-il, auprès du plus grand nombre parmi les autres cultures. Ainsi, s'imaginait-il, elles pourraient être plus facilement présentées à la façon d'un griot ou de quelque animateur de fêtes villageoises... Aussi, sa plume courait, afin de pouvoir déclamer, un jour, à l'adresse de ceux qui voudront bien être attentifs :

— Dogon qui passe, tes traditions peuvent être présentées, expliquées pour les valoriser, tes danses rituelles peuvent être montrées, mais elles ne sont pas à vendre... Relève ce défi, pour éviter à ta culture de s'enfouir lentement dans les anfractuosités de la falaise ou de s'enliser dans les sables anonymes de la plaine du Séno...

— Ami *dogon*, c'est dans le silence que les choses te parlent. C'est dans la méditation que les souvenirs affluent, que la réflexion est la plus pertinente et arrive à mêler utilement le passé et le futur. N'oublie pas d'où tu viens, pour renaître à chaque fois meilleur que la veille, avec toujours ton village et les tiens au fond de toi...

— Ami *dogon*, soit toujours prêt à défendre et promouvoir tes valeurs ancestrales essentielles qui doivent conserver leur place dans un monde qui s'ouvre progressivement autour de nous. Fais face avec lucidité aux autres cultures. Fermeté et tolérance doivent se conjuguer pour que notre peuple y conserve sa force et sa sérénité...

Ainsi, dès les premiers jours, Amato était déjà intarissable... Fort de ses convictions, il se passionnait pour cette démarche... Comme ses amis, il était convaincu que la jeune génération, qui a maintenant accès à l'écriture mais ne poursuit pas forcément sa route à proximité de la *togùna* du village, endosse l'énorme responsabilité de sauvegarder méthodiquement ce que la succession des générations antérieures peut encore lui livrer, intact et authentique. Ainsi, affirmait-il à ses amis :

— On ne peut se reposer éternellement sur la mémoire et la transmission orale du savoir collectif sans risquer des dérives, des oublis, des lacunes, des influences extérieures incontrôlées... Aucun de nous n'a, à lui seul, la vérité. Nous avons besoin de nous compléter, de reconnaître et de tolérer nos différences, car l'essentiel nous unit.

C'est ainsi que ces premières démarches culturelles avaient eu, sur Amato, l'effet d'une révélation qui interpellait et stimulait sa réflexion. Ainsi, sensibilisé par la situation de son ami, il en déduisait logiquement :

— Les conditions de vie et d'existence de Bassirou nous sont quasiment inconnues. Alors que sa famille est installée près de la mosquée, il privilégie avec conviction l'origine de ses ancêtres. Ne sommes-nous pas, tous les deux, des Dogons, même s'il n'ose pas encore le formuler ou en faire état et s'il a tout à découvrir de notre culture à forte identité ?...

De son côté, Bassirou avait été fort séduit par la richesse culturelle de cette association, dès les premières réunions. Il apprit, en effet, que des « soninké » avaient quitté, dès le Xe siècle, le sud de la Mauritanie actuelle, pour s'installer, parmi les premières ethnies, sur le plateau situé au sud de Bandiagara, devenu lentement le plateau *dogon*. D'où ses multiples interrogations concernant son grand-père et ses origines :

— Avait-il connaissance de ce détail historique lors de son mariage avec son épouse « soninké » ?

— D'où venaient ses ancêtres et sa famille ?

— Où avait-il grandi avant d'être militaire à Nioro du Sahel ?

De quoi motiver intensément les recherches futures de ce jeune étudiant qui se sentait de plus en plus *dogon*...

En fin de journée, les discussions étaient fructueuses, passionnantes, en compagnie d'Inogo qui avait de plus en plus de plaisir à retrouver « ses » jeunes pour échanger avec eux.

Amato était souvent le premier à s'exprimer :

— Entre les Dogons du plateau et ceux de la plaine, les différences sont évidentes quant à l'expression des traditions, quant à la pratique des fêtes rituelles. Elles tiennent à l'importance des distances et à la lenteur des déplacements qui ne se sont jamais faits qu'au rythme d'un marcheur...

Inogo avait plaisir à faire remarquer :

— J'ai lu que les premiers Dogons, venant pour la plupart du Mandé, se sont installés au pied de la falaise, avec leurs fétiches. C'est là, semble-t-il, que les rites sont respectés avec le plus de rigueur...

Même s'il était toujours un peu en retrait, Bassirou s'affirmait, de jour en jour :

— Même si, pour l'instant, je n'y suis jamais allé, les villages de la plaine sont issus de hameaux de cultures créés, au fil du temps, autour des différents points d'eau.

Alors, Amato pouvait en déduire :

— On peut alors comprendre que, loin des *ginna* de leurs grandes familles et de leurs fétiches, de leurs totems, certains habitants se sont parfois affranchis de certaines pratiques rituelles, mais sans jamais rompre leur attachement à la tradition première qui les unit tous. Les fêtes rituelles sont identiques et respectées, mais leurs pratiques sont, simplement, plus ou moins différentes.

Après avoir longtemps écouté, réfléchi, Inogo accompagnait cette discussion, à mots mesurés :

— Il en est de même de la langue orale qui évolue et s'adapte au fil des influences diverses, de village en village, de marché en marché... Ainsi, le plus important n'est-il pas que les connaissances et les pratiques sont si vastes qu'elles sont réparties entre tous ?... Le plus important n'est-il pas que les Dogons soient fortement unis dans leur diversité ?...

Finalement, Amato concluait, passionné :

— Nos coutumes, nos rituels, notre langue varient en parcourant notre pays *dogon*, mais nous nous respectons tous, et nous nous reconnaissons tous comme des frères de sang, des Dogons, venus jadis du lointain Mandé pour s'installer au pied de la falaise. Cette tâche est immense et urgente. Elle nous incombe...

Aucun des trois n'aurait voulu délaisser ces moments d'échanges qui les enrichissaient...

Seul, le soir, après une journée riche en découvertes et en émotions, il n'était pas rare qu'Amato ait une pensée aussi affectueuse que pleine de respect pour l'oncle Abora, lui recommandant chaudement des propos inspirés des paroles du vieil Amakana :

— Loin des tiens, tu sauras que ton *nyama*, ta force vitale, est intacte si, en fermant les yeux avant de t'endormir, tu sais voir nos greniers et nos *ginna* qui dansent sur le rideau de tes paupières jointes, et entendre les cris des enfants qui jouent, pendant que d'autres tapent le *gomboï* pour susciter quelques pas de danse... Sache que lorsque plus rien n'apparaît ainsi sur le front de tes songes, tu es en danger de te perdre. Alors, vite, reprends-toi !

Instinctivement, Amato s'accordait aussitôt quelques instants de calme et de méditation... Rassuré, il pouvait alors passer une nuit sans tourment...

La Boutique d'Inogo était un lieu de découvertes sans cesse renouvelées. Le besoin d'aide était plus important le samedi, jour d'affluence dans les rues commerçantes du quartier. Amato connaissait déjà les bogolans aux dessins le plus souvent géométriques conjuguant les nuances contrastées de noir, de marron, d'ocre et de blanc. La famille du cordonnier de Bongo, bien connu de sa famille, en mettait à sécher, tout au long de l'année, près de sa *ginna*, à même les rochers imprégnés depuis longtemps par les décoctions de feuilles, d'écorces et de terres. Lui étaient également familiers les coupons et les pagnes de bandes de cotons assemblées bord à bord et teintées à l'indigo. Les épouses du tisserand de Sangha étaient, en effet, des virtuoses des nœuds savamment cousus, avant teinture dans les énormes chaudrons bouillonnant d'eau saturée de *gàlà*, les feuilles de l'indigotier local, et de potasse. Pagnes indigo et bogolans avaient chacun un comptoir dédié au fond de la boutique.

Mais, Amato, comme Bassirou, ignorait tout du festival de couleurs, de motifs et d'étoffes qui l'attendait dans l'immense boutique d'Inogo. Ici, d'énormes piles de bazins multicolores, de différentes qualités, dont Bamako est la capitale. Ce tissu de coton damassé, raide d'apprêt et d'une éclatante brillance, permet de coudre des vêtements agrémentés de fines broderies et de surpiqûres. Il est également utilisé, dans les maisons de familles aisées, pour la fabrication de rideaux ou de linge de table. En les voyant évoluer bruyamment entre les rayons, les élégantes connaissent tout du bazin qu'il faut choisir pour être vues et reconnues, après l'avoir confié au tailleur de leur choix. Là, occupant plusieurs rayons, les coupons et pagnes de Wax à motifs ethniques et colorés, parfaits pour la réalisation de vêtements éclatants et accessoires assortis. Depuis plusieurs générations d'Africains, le wax, avec ses couleurs vives et ses motifs attirants, est présent pour la célébration de pratiquement tous les évènements heureux et les fêtes religieuses : baptême, mariage, fête de Tabaski, de Ramadan, Noël ou Pâques. À tel point que, portée par un véritable phénomène mondial de mode, continuant l'activité créée par son père, la boutique d'Inogo est, depuis longtemps, une référence à la solide renommée. La demande est telle que deux ouvriers *Bozos* activent sans cesse leur machine à coudre Singer à pédale, de fabrication anglaise, aux dorures sophistiquées, qui fêteront bientôt, en activité, leur siècle d'existence.

Sans réellement avoir de pose pendant la journée, confinés dans cinquante mètres carrés avec une affluence qui ne se démentait à aucun moment, Amato et Bassirou quittaient la boutique dans un état de fatigue qui les surprenait, sous le regard aussi ironique que bienveillant d'Inogo.

Sur le marché de Baladabougou, l'ambiance, la clientèle et les conditions de vente différaient sensiblement. Amato et Bassirou s'activaient, en fonction des demandes, à déplacer sans cesse les piles de tissus multicolores, avant de les ranger à nouveau, tant bien que mal, pour être toujours en vue. L'immense étal de chemises de cotons aux couleurs et motifs les plus divers était, sans cesse, livré aux mains fiévreuses des amateurs qui rivalisaient, toujours en quête d'originalité ou d'exclusivité. Plus populaire, mais plus superficiel, le marché apprenait moins à Amato que la boutique...

Près de la falaise, Amato n'avait connu que le monde stable, homogène et protecteur, qui l'a vu grandir, avec la force rassurante de ses règles de vie, de sa culture, de ses croyances, telles qu'elles lui avaient été transmises par les siens. En quelques mois, son quotidien à Bamako a été rapidement balayé par un tourbillon d'ethnies, de races, de cultures, de croyances, de religions. Progressivement, il sentait monter en lui une envie gourmande, une soif insatiable d'ouvrir son horizon, au-delà même du Mali dont les frontières lui apparaissaient humainement trop artificielles.

Porté davantage sur les matières littéraires, les idées et les relations humaines, que sur les matières scientifiques, son projet d'études se dessinait rapidement en fréquentant les cours de l'université des sciences juridiques et politiques de Bamako qui venait d'être créée en 2011, au sud du quartier de Baladabougou, à quelques rues de chez Inogo où il résidait. Sans fixer ou canaliser trop tôt son avenir, Amato avait localisé son envie de découvrir et d'étudier le droit et les affaires internationales ainsi que le journalisme. Ainsi, serait-il appelé à s'informer des affaires du monde et de la place des Maliens dans le contexte planétaire. Sans se laisser griser, il en espérait ainsi, intuitivement, une vie humainement plus riche.

Son ouverture sur le Mali et en dehors ne lui permettrait que mieux, pensait-il, d'assurer son devoir de tout Dogon lettré et instruit, de préserver sa culture et l'histoire des Dogons. Par fidélité aux siens, indépendamment de ses études et de ses activités professionnelles futures, il s'était fait le serment de consacrer une partie suffisante de sa vie personnelle à sauvegarder la culture qui a fait de lui ce qu'il est. Ainsi, lors de ses premières recherches dans le cadre de l'Université, il avait eu le grand bonheur et une certaine fierté, d'apprendre que le droit coutumier *dogon* figurait, depuis les premières recherches et études au milieu du XXe siècle, parmi les plus aboutis au monde. Mais, comment le rendre compatible avec le droit des autres ethnies… ?

Au-delà des cours magistraux, des travaux d'application correspondant aux matières enseignées et le travail personnel à la bibliothèque, la nécessaire information des jeunes étudiants passait par la lecture régulière des journaux, quotidiens et hebdomadaires qui faisaient leurs titres politiques, sociaux, économiques et culturels grâce à leurs journalistes, correspondants et agences de presse, au Mali et dans le monde. D'emblée, cette approche panoramique ravissait Amato, envahi par une soif d'apprendre de plus en plus boulimique qui l'amenait à consulter, chaque fois que possible, les principaux titres de la presse écrite nationale paraissant dans la capitale malienne.

Déjà, dès son arrivée à Bamako, en 2011, Amato avait très vite ressenti, au travers des conversations, dans le milieu étudiant comme parfois dans la rue, des échos persistants venant de tout le pays traduisant un climat d'inquiétude grandissante, teintée d'insécurité et d'instabilité... Aussi, avait-il perçu comme une obligation de se tenir régulièrement au courant par la consultation de tous les médias à sa portée. Ce contexte fiévreux avait été marqué, voire aggravé, tout au long de l'année, par les grandes manœuvres, accords et coalitions entre les partis politiques au nombre pléthorique. Certaines personnalités, pas toujours bien connues des Maliens, avaient d'ailleurs, sans plus attendre, présenté leurs candidatures. Déjà, la présence de mouvements terroristes avait été rapportée près de la frontière mauritanienne et la montée du salafisme s'affirmait au nord du Mali. Enfin, plusieurs attentats et enlèvements avaient signalé la présence inquiétante d'al-Qaïda au Maghreb Islamique (AQMI) sur le sol malien.

Cette situation sécuritaire s'était très vite dégradée dès le début de 2012. Ainsi, la rébellion touarègue, initiée par le

Mouvement national pour la Libération de l'Azawad (MNLA) et renforcée par le retour de ses combattants de Libye, avait attaqué plusieurs camps militaires maliens dans le nord du pays, cristallisant l'opportunisme d'autres groupes armés comme les djihadistes d'Ansar Dine, du Mouvement pour l'Unicité du Jihad en Afrique de l'Ouest (MUJAO), et d'AQMI. Tous réunis, au moins en apparence, ils poussaient leurs pions et leurs intérêts derrière le MNLA qui proclama, en avril 2012, l'indépendance de l'Azawad. Pendant cet imbroglio confus au nord, à Bamako, avait eu lieu, en mars, un coup d'État militaire renversant le président Amadou Toumani Touré. Rajoutant à la confusion ambiante, les rivalités entre MNLA et mouvements djihadistes avaient donné lieu à d'âpres combats permettant à Ansar Dine, le MUJAO et AQMI de prendre le contrôle des principales villes du nord, pour y installer la charia. Cette situation anarchique allait multiplier, autour du Mali, un tourbillon d'interventions multinationales et de pressions d'origines les plus diverses, qui amenait chacun à douter du poids réel des autorités gouvernementales maliennes.

En juillet, de retour à Bongo pour retrouver et aider la famille pendant les vacances universitaires, Amato allait devoir informer les siens de l'évolution inquiétante de la situation du pays. Il allait d'ailleurs faire suivre, comme bagage essentiel, plusieurs journaux : *Le Soir de Bamako*, *L'Indépendant* et *Les Échos* qu'il consultait le plus souvent pour, comme il l'avait appris, croiser les faits et les idées venant de lignes éditoriales différentes.

Après les heures interminables du trajet de retour, Mopti était le passage obligé où il allait devoir passer la nuit, seul, sur le bord du Banni, cet affluent nonchalant qui alimente le port avant de se jeter dans l'immense fleuve Niger. Amato y avait pris le temps d'une profonde réflexion, comme il en éprouvait le besoin de plus en plus souvent. Il sentait clairement que, malgré son jeune âge, sa vie était en train de basculer, de s'accélérer, ou, plutôt qu'elle prenait un tournant passionnant, pour peu qu'il sache en contrôler les difficultés essentielles. C'était décidé. Il fallait qu'il se montre à la hauteur. Il ne pouvait se permettre de décevoir... Seul sur les berges, en aval du port marchand, enveloppé dans un vieux pagne de bogolan qui, depuis Bongo, ne l'avait jamais quitté, il avait passé l'essentiel de la nuit à méditer intimement, comme l'oncle Abora le lui avait maintes fois conseillé.

Il se sentait armé pour faire face à la vie parce qu'il y avait été préparé. En grandissant, comme tous ceux de sa génération, il a reçu la connaissance, comme toujours, par tradition, fruit de la réflexion et de l'expérience de ses aînés. Là, subitement, après seulement quelques mois d'absence, c'était lui qui allait devoir apporter l'information. Pour la première fois, des journaux allaient entrer dans la *ginna*. Sa famille comme le monde *dogon* et leur équilibre, en seraient sûrement perturbés, craignait-il.... Amato avait bien conscience que, lorsqu'il lirait et traduirait, il allait devoir ménager et rassurer les siens : Atimé, son père si bienveillant, Abora, son oncle vieillissant mais toujours vif et attentif, la discrète Yapérou, sa mère de sang, Yassagou, cette maman exceptionnelle qui lui a, sans cesse, apporté son soutien passionné, sans oublier Yasiema, sa sœur résolument engagée dans le sillon qu'il traçait devant elle. Et tous les proches qu'il ne voulait, en aucun cas, ni choquer ni décevoir...

À distance pendant six mois, Bongo lui manquait. Dès son arrivée de Bamako, Amato avait hâte de confier à ses proches ses premières confidences sur sa vie d'étudiant, avant d'en parler, ensuite, tout à loisir, plus en détail. Habituellement peu disert, il en venait à vouloir partager, presque frénétiquement, l'essentiel de son quotidien, de ses émotions et ses tourments, comme de son enthousiasme et ses motivations. N'était-il pas le premier de la famille à suivre des études universitaires ?... C'était là sa façon la plus naturelle de remercier les siens. Chaque fin de journée, tous étaient ravis de l'écouter. Visiblement, il en avait besoin, et chacun était curieux :

— À Bamako, j'ai beaucoup de chance. Grâce à nos liens avec Ogobara, l'oncle de Bandiagara, je suis hébergé par un véritable bienfaiteur. C'est un homme rare. Avec sa haute stature, rond dans son immense boubou clair, peu bavard en dehors de sa boutique, le regard presque lointain, Inogo Poudiougo est impressionnant, énigmatique. Il est, en fait, d'une immense générosité. Bassirou et moi en sommes le témoignage. Naturellement, il souhaite notre aide à la boutique, lorsqu'il y a affluence ou s'il y a des expéditions à faire, mais, lorsque nous le pouvons seulement... Il ne nous a demandé qu'une seule chose précisément : avoir d'excellents résultats dans nos études !! Nous sentons bien que l'ombre de ses deux fils l'accompagne sans cesse et le suivra toute sa vie... Il ne nous en a parlé qu'une fois, brièvement... Il inspire un immense respect... !

— Même si la vie l'a fait naître et vivre à Bamako, cet homme est un Poudiougo, donc un Dogon comme nous. Son nom nous indique que ses ancêtres viennent d'Amani, village parmi les plus anciens fondés au pied de la falaise. Vénérés dans leur mare, les caïmans sacrés en portent le témoignage. Il faut donc tout faire pour aider Inogo à retrouver sa parenté... J'aimerais tant que les sages parmi les vieilles familles d'Amani puissent m'aider à lui ramener, à la rentrée, quelques-unes de ses racines. Ils ont sûrement des choses à me raconter à ce sujet. Je suis certain qu'il y serait sensible... Lorsqu'il m'arrive, le soir, de confier à Bassirou que la falaise et ses greniers me manquent, Inogo est toujours très attentif et il ne manque pas de poser des questions. Je comprends alors que son attachement au pays *dogon* ne souffre pas le moindre doute...

Lorsqu'Amato évoquait ses études, Atimé restait discret et admiratif, faute de bien comprendre. Lui, il faisait confiance et souhaitait le meilleur. Toujours près de là, Yassagou était particulièrement attentive, sous le charme de ce fils de Yapérou qu'elle a toujours suivi avec une attention particulière... Elle qui avait suivi un enseignement complet au Lycée de Koro, avec succès, n'aurait-elle pas souhaité aller au-delà si son devoir filial ne l'avait appelée auprès de son père, dans son hameau isolé, à proximité de Yendouma ?

De son côté, l'oncle Abora était particulièrement rassuré de savoir Amato actif au sein de l'Association des étudiants *dogon*. Comme Atimé, comme tous les anciens avec qui il tissait, plus ou moins chaque jour, le fil de la parole, sous la *toguna*, il attachait une importance particulière à la conservation comme à la transmission de la culture et de la tradition *dogon*. Cette activité l'enchantait. Elle renforçait encore le sentiment d'admiration grandissante qu'il éprouvait pour son neveu.

Amato laissa passer plusieurs jours avant d'aborder la situation générale et le voile d'insécurité qui menaçait le pays. Pour ne pas faire de faux pas, il avait besoin de savoir, au préalable, ce que les gens en percevaient autour de lui, en l'absence de véritables moyens de communication tels qu'il les avait découverts à Bamako. Il ne voulait surtout pas trop perturber la vie des siens au quotidien. Y avait-il urgence dans la mesure où, jusque-là, les évènements dramatiques qui secouaient le reste du pays, ne semblaient viser directement, au moins pour l'instant, ni le plateau *dogon*, ni la plaine du Seno-Gondo, au bas de la falaise ?... Il allait donc commencer par écouter les uns et les autres et questionner tout autour de lui...

Jusque-là, comme toujours, seules les nouvelles parvenant, de bouche à oreille, sur les marchés les plus importants autour de Sangha ou de Bongo, avaient alimenté les conversations et touché les esprits, semant quelques inquiétudes momentanées qui essaimaient dans les villages alentour. Il était bien fait état, depuis longtemps, de tensions interethniques attisées par des sensibilités religieuses particulières. Mais, par-dessus la falaise, le pays *dogon* était globalement calme, se tenant à l'écart des velléités belliqueuses les plus apparentes. Au nord du Mali, chacun savait, plus ou moins, que les Touaregs avaient toujours revendiqué, périodiquement, leur souhait d'indépendance ou d'autonomie sur le territoire de l'Azawad qu'ils parcourent sans se soucier des frontières nationales. Au sud, la plaine du Seno-Gondo canalisait depuis longtemps une zone grise empruntée par les trafics les plus divers venant du Golfe de Guinée, avant de rejoindre la moitié nord du Mali, carrefour des commerces illicites de toutes sortes. Mais les Dogons, dans leur immense majorité, forts de leur culture et de leur mode de vie avaient su rester à une distance suffisante pour éviter les conflits et les tensions. Par tradition, les discussions périodiques et directes engagées, au cas par cas, par les chefs de villages et leurs conseils, avaient toujours maintenu des relations apaisées, dans l'intérêt de tous, avec les populations voisines des autres ethnies installées, depuis plusieurs générations, à proximité.

Mais, dorénavant, pour Amato, il n'était plus envisageable de cacher les nuages qui allaient rapidement obscurcir le ciel de la falaise. En même temps, il tenait absolument à ce que cette entrée de l'information quotidienne dans un foyer *dogon*, de surcroît le sien, traditionnel par essence, ne se traduise pas par un télescopage culturel. Par respect pour les siens...

Pour ménager l'ordre normal des choses tel qu'il est perçu au plus profond d'une *ginna*, Amato s'en était ouvert à son père pour lui brosser les grandes lignes des évènements les plus marquants, les mouvements les plus inquiétants. Rapidement, Atimé ne cacha pas qu'il s'en était déjà inquiété à plusieurs reprises, échangeant à chaque occasion avec les marchands, commerçants et voyageurs venant régulièrement au marché de Sangha. Les conséquences en étaient déjà sensibles et commençaient à inquiéter les plus avisés, même si les gens en parlaient peu... Après avoir consulté l'oncle Abora, Atimé avait rapidement confirmé à Amato son souhait de voir la famille et les proches sensibilisés et, si possible, tranquillisés, rassurés. De son côté, comme à son habitude, il souhaitait prendre le temps d'analyser les évènements, de laisser la situation se décanter dans son esprit, avant de réfléchir aux conséquences prévisibles.

Passé un nouvel orage sur Bongo, le soleil avait repris position pour animer une fin de journée lumineuse et colorée sur la falaise. Toujours le bienvenu, soucieux de la situation, Amadou, le père de Yapérou, avait souhaité venir spécialement de son village de Dini pour prendre connaissance des nouvelles apportées par Amato, son petit-fils qu'il portait toujours en grande estime. Yamoïla, sa deuxième épouse, grand-mère d'Amato, était ravie de l'accompagner. Les tabourets sculptés avaient été soigneusement installés dans cette partie de la cour qui s'ouvre vers le soleil couchant. Au centre, la plus profonde des calebasses était généreusement remplie d'arachides. Les deux familles les avaient récoltées, le long de la piste qui conduit au village de Sangui, dans ce champ qu'elles cultivaient, ensemble, près de la retenue d'eau collective réalisée il y a seulement quelques années. Tout près de là, pliés et empilés, une vingtaine de journaux, pour l'instant insolites, attendaient de rendre le flot d'informations ponctuelles qu'ils contenaient.

Anticipant les inévitables difficultés de compréhension, Amato s'était alors limité, dans un premier temps, à faire découvrir l'utilité des journaux et les informations qu'ils révèlent en continu. Forcément une immense découverte pour tous, teintée de l'inquiétude naissante d'y voir apparaître quelque nouvelle dérangeante... Ce fut un moment d'émotion intense mais contenue, d'une portée dépassant largement l'instant présent.

Au premier plan, près d'Amato, Abora, Amadou et Atimé étaient naturellement les plus attentifs, les plus curieux, mais aussi les plus affectés par la situation globale du Mali telle qu'Amato la leur présentait, même s'ils avaient quelques difficultés à réaliser concrètement l'importance des menaces qui obscurcissaient l'horizon. Comme toujours, les femmes se tenaient en retrait, silencieuses, attentives aux discussions qui n'étaient pas les leurs, qui les dépassaient. Et pourtant, Yassagou, seule, rayonnait dans un rôle exaltant pour une femme exceptionnelle. Près d'Atimé dont chacun observait les réactions contenues, épaulant Amato avec passion, elle n'avait de cesse de s'employer à faciliter la compréhension, passant du *dogo so* au français du journal pour revenir au *dogo so*. Les efforts appliqués de Yassagou pour retrouver sa capacité à lire le français appris au lycée de Koro, puis ses traductions les plus adaptées, tout ravissait Amato au plus haut point. Il en était fier, affectueusement fier... Légèrement en retrait, Yapérou, silencieuse mais attentive, était discrètement comblée par son fils entouré et admiré par tous...

Après la relation sommaire des graves évènements qui avaient secoué le Mali, l'oncle Abora fut le premier à toucher, à oser se saisir d'un des journaux.

Faute de compréhension de l'écriture et du français, ni les articles ni les titres n'avaient de signification pour lui. Mais, il resta figé, interdit, immobile, le regard noyé dans les photos qui barraient la une. Il subissait ainsi, pour la première fois de sa longue vie, brutalement, le choc de l'image de ces tragédies humaines. Ici, un camion militaire calciné après avoir été mitraillé, près de Gao, témoignait de l'insuffisance des moyens de l'armée nationale, et de l'incapacité à faire respecter l'autorité publique face à l'avancée conjointe des indépendantistes *touareg* et des islamistes de tous poils, maliens et étrangers. La déclaration d'indépendance de l'Azawad allait en découler. Là, un véhicule de type Pick-up équipé d'un fusil-mitrailleur, stationné dans une rue de Bamako, faisait écho au Coup d'État perpétré à partir du Camp militaire de Kati. En pages intérieures, sur une photo impressionnante, des habitants, en grand nombre, contraints à l'exode pour fuir les zones de combats.

Amato, aidé affectueusement par son père Atimé, avait dû l'aider à reprendre ses esprits, à se ressaisir :

— Vois, *bàbu Abora*, oncle Abora, chacun peut constater que, sur le plateau venant de Bandiagara, comme dans la plaine qui longe la falaise, le pays *dogon* n'a pas été agressé !

— Mais, pour combien de temps ! osa Abora, à voix basse, à voix lasse...

Au fil de telles discussions, tous vivaient un moment fort, totalement inédit qui bouleversait les esprits. Amato commençait à en percevoir les effets. Depuis son enfance, les rôles étaient, familialement, bien répartis. Par sa curiosité instinctive, il avait toujours manifesté, naturellement, son envie, son besoin, sa soif de savoir et d'apprendre... Sans retard, l'un ou l'autre des « vieux » de la famille, selon un rituel bien huilé, lui apportait une réponse qui s'imposait invariablement à tous.

Là, sous la pression des évènements en cours qui prenaient une place croissante, Amato réalisait, avec une gêne diffuse mais prégnante, que, de fait, pour les questions d'actualité, les rôles de chacun s'étaient rapidement inversés.

Mais Abora et Atimé, dans un effort de réalisme inédit, confirmaient, régulièrement, au fil des échanges, la confiance et la reconnaissance sans faille qu'ils lui accordaient...

Amato pouvait être pleinement satisfait de l'à propos de ses interventions, et fier, légitiment fier, de la réaction de sa famille, unie comme elle l'a toujours été...

Umana Sewo

Fidèle à son habitude, levé bien avant que les coqs ne chantent, à son allure lente, mesurée, toujours les mêmes pas conduisant sur les mêmes pierres, Atimé a rejoint les rochers qui lui sont familiers. À l'arrière, les tables de divination ont dû recevoir, pendant la nuit, la visite du *yurugu*, le renard pâle, porteur de messages divins à l'usage des hommes avertis. À l'avant, le village de Bongo, tel un navire dans un océan agité, fait face aux incertitudes des dangers annoncés.

En son for intérieur, sa conscience s'est sensiblement imprégnée des personnalités fortes comme des évènements hors du commun des Dogons, autant de jalons précieux qui ont, jusque-là, émaillé son existence et son expérience, donc, sa perception de l'avenir. C'est ainsi que la situation actuelle renforce son intime conviction que sa vie est indéniablement placée sous le double signe de la tradition et de la modernité.

Avant tout, il se sent profondément reconnaissant envers ses ancêtres, Amakana, puis Atanou, et, finalement, Abora, de l'avoir guidé vers la connaissance du monde *dogon* dans lequel il se sent solidement ancré et naturellement responsable. Ils ont su allumer en lui cette flamme qui l'anime pour guider les siens.

Puis, l'esprit d'Atimé fait alors sereinement défiler sa famille. Aussi discrète et dévouée que courageuse, mère irréprochable, Yapérou, sa première épouse, choisie par les parents dans la pure règle ancestrale, n'a jamais déçu, pour le plus grand bien de la *ginna*, de toute la famille. Puis, les bons génies ont bien voulu la rencontre déterminante avec une seconde épouse, venue d'ailleurs. Ainsi, tout au long de son enfance et de son adolescence, Yassagou a assimilé naturellement, à la fois, le respect de la tradition *dogon* et sa préparation aux conditions du monde actuel. Lettrée mais proche et respectueuse des bases de sa culture d'origine, elle est tout autant discrètement et intensément libre. Il lui est ainsi donné d'enrichir tout ce qu'elle touche...

Et, Atimé se sent comblé par l'entente et la complicité que ses deux épouses ont toujours su cultiver et préserver à merveille. Amato en est le témoignage éclatant et chacun a la volonté de voir les autres enfants suivre cette trajectoire. Avec eux, la voie est ouverte vers le monde actuel, vers l'extérieur, malgré les difficultés et les incertitudes qu'ils sauront surmonter, comme les dangers qu'ils affronteront.

Atimé a construit sa vie sur les fondations transmises par ceux de ses ancêtres qui ont fait de lui un homme fiable et responsable. Alors, à bientôt cinquante ans, il puise dans son expérience et son quotidien, la richesse morale et la réserve de sérénité, toutes deux indispensables pour, de nos jours, concilier mémoire ancestrale et actualité, même sous la pression des évènements. Il n'a de cesse de poursuivre sa quête des clés nécessaires pour surmonter les problèmes inhérents à l'ouverture du monde *dogon* vers un environnement plus vaste où l'agitation est de plus en plus palpable et où les dangers apparaissent de plus en plus nettement.

Malgré maintes informations venant plus régulièrement jusqu'à lui, il éprouve quelques difficultés à analyser la situation. Il est évident, pense-t-il, que les actions armées sauvages qui inondent le Mali sont d'une extrême gravité, mais, les motivations des belligérants sont complexes, changeantes, floues et pas toujours avouables. Aussi, est-il difficile, pour un homme de la falaise de s'identifier et de raisonner à partir d'un pays, aux ethnies et aux langues multiples, dont les frontières sont humainement artificielles et les gouvernants inefficaces, car sous influence...

Parmi toutes les menaces extérieures, Atimé cible spécialement ces islamistes de différentes mouvances autoproclamées qui cachent derrière une croisade prétendument religieuse, autant de trafics illicites et actifs depuis des lustres que d'intérêts étrangers à peine voilés. En l'absence d'autorité publique, ces djihadistes progressent en faisant lâchement régner la terreur sur les populations démunies de tout, dans les territoires occupés. Et les trafiquants ont, le plus souvent, agi dans l'ombre des islamistes.

L'animisme ancestral des Dogons, base de leur culture et de leurs règles de vie et leur attachement viscéral à la falaise sont leurs premières armes contre cette adversité récurrente. De quoi y puiser la force et la stabilité que nul ne peut leur enlever.

Aussi, la confiance et les convictions d'Atimé sont fortes. Dorénavant, nos jeunes sont autant d'émissaires chargés du rayonnement progressif de notre culture. Après deux années d'études universitaires réussies, Amato, premier représentant de la famille loin de la falaise, s'affirme de plus en plus sereinement, non comme un jeune exilé en pays *bambara*, mais comme un Dogon en déplacement, en mission, porteur d'une identité forte et d'une personnalité singulière, déjà affirmée avec conviction. Sa découverte des autres n'est donc, avant tout, qu'enrichissement. Atimé s'en trouve conforté.

Nul doute que, en attendant le relais espéré des autres enfants, Amato doit être intensément soutenu, d'autant qu'il s'impose, sans cesse davantage, pour décoder, en direction de la famille comme de la communauté villageoise de plus en plus réactive, les informations du moment rapportant les évènements sur la scène tant malienne qu'internationale. Ainsi, chacun a son rôle à jouer. Avec l'aide et la compréhension de tous, l'héritage culturel doit, sans se dénaturer, s'ouvrir et s'adapter aux exigences du monde actuel...

Annoncée de loin en loin par le chant redoublé des coqs et le roulement sourd des pilons, l'aube fait naître ses premières lueurs, installant les prémices d'un jour nouveau, au plus loin de la plaine...

Sortant de sa méditation, Atimé pense qu'il est temps de rejoindre la *ginna* familiale. Le ciel est déjà lumineux, purifié par les orages intenses de la veille.

À l'entrée de Bongo, dès le début de la première coursive, l'*irunè*, le vieux forgeron, disponible pour tous, est déjà devant sa forge, éteinte depuis des lunes... Visiblement, la multiplication des années peine à marquer quelque effet sur cet homme de caste singulier, craint et respecté, médiateur de toujours... Naturellement, Atimé échange alors avec lui, ses premières salutations pour le jour naissant :

— *Aga poo, u sewo ?*
— *Sewo !*
— *Goju uwo sewo ?*
— *Sewo !*
— *Ginu sewo ?*
— *Puu sewon !*
— ...

C'est ainsi que le monde créé par Amma se renouvelle sans cesse...

Glossaire

À défaut d'alphabet phonologique spécifique, les mots sont écrits au plus près de la prononciation locale.

Adjori : lutte traditionnelle *dogon*
Kinta : lutte (en bambara)
Adyé : premier enfant
Assegué : deuxième enfant
Ambirù, ambéré : chef de village (ambirou)
Amma : Dieu de l'eau et de la terre
Anasara : blanc, touriste, Européen
Antùmùlù : petits hommes à peau rougeâtre (antérieurs aux Dogons) (antoumoulou)
Awa : société des masques
Azalaï : caravane de sel gemme (en langue tamasheq)
Balanzan : variété d'acacias au port majestueux (mot bambara)
Banco : briques de terre crue séchées au soleil
Babù : oncle
Bânù : rouge (banou)
Bereginè : parturientes, femmes enceintes
Bilù : échelle *dogon* taillée dans un tronc d'arbre (bilou)
Bozo : ethnie habitant le long du fleuve Niger

Bùlo : fête des semailles (boulo)
Boy : tambour, rythme
Caïlcedrat (pelù) : bois produit par « l'Acajou du Sénégal »
Cramcram : chardon des sables, très agressif (mot africain)
Daba : sarcloir traditionnel *dogon*
Dàma : fête de levée de deuil
Dana goro : bonnet traditionnel
Dégé bàga : bâton de marche
Dégé dégé : doucement, lentement, petit à petit
Djembé : tambour africain
Dolo : bière de mil (en Bambara)
Koñio : bière de mil (en *dogon*)
Dolotière : marchande de dolo (bière de mil locale)
Donna gore : bon, net traditionnel des chasseurs
Dùño, dolaba : crosse-siège pour homme (sigui)
Edegie sie : poudre à inhaler pour éternuer (médication traditionnelle)
Fonio : céréale aux grains très menus
Gàlà : Indigo (feuilles de l'indigotier)
Gañadou : gombo, plante potagère pour condiment
Ginna : maison familiale
Ginna : maison de la grande famille
Gombo : plante potagère (utilisée en condiment)
Gomboy : tambour d'aisselle
Guérinama : cécité crépusculaire (affection, maladie)
Ié : aujourd'hui
Irùné : forgeron
Isùñie : petit pagne
Jiñé : jumeaux
Jojoñuné : guérisseur
Kanaga : double croix, liant ce ciel et la terre,
en forme d'oiseau

Kéro-kéro : pâte d'arachide sucrée et caramélisée (populaire)
Kérùgoy : andropogon, « paille à balai » (kerougoÿ)
Kinta : lutte traditionnelle (mot bambara)
Komo : grotte
Ugùrù Komo : grotte des fumigations
Yo Komo : grotte où il a toujours de l'eau
Koñio : bière de mil
Korùmo : cramcram, chardons agressifs
Lébé : ancêtre mythique (représenté sous la forme d'un serpent)
Méné-méné : boules de graines de sésame sucrées (mot populaire)
Mono : fétiche de protection de la population
Nà : mère
Nim : nimier
Nommo : fils du Dieu Amma (maître de l'eau et de la parole)
Nyama : force vitale
Oro : baobab
Oro niñé : sauce aux feuilles de baobab (oro nigné)
Oro banù : baobab aux reflets roses (oro banou)
Perùsaï : chants et danses populaires
Pobù : euphorbe, « arbre à soie » (latex)
Pùnulù : maison des règles (pounoulou)
Pùrù : impur, âme du défunt avant levée de deuil (pourou)
Sa : raisinier (lannéa acida)
Sacamaù : oiseau noir de la plaine (sacamaou)
Senoufo : ethnie vivant au Burkina Faso
Sigui : fête rituelle soixantenaire (pour le renouvellement du monde)
Sira : tabac à priser
Soninké : ethnie du Sahel
Talangam : brancard funéraire

Tellem : peuple ayant précédé les Dogons sur la falaise de Bandiagara
Tô : pâte cuite à base de farine de mil
Togùna : case à palabres (togouna)
Tolo : étoile fixe
Sigui tolo : étoile du sigui
Sigui digitaria : étoile sigui tous les 60 ans
Yadù tolo : étoile du petit matin
Tomozzo : beignets à base de farine de haricot
Toro so : dialecte *dogon* parlé à Sangha
Toubab : blanc, touriste (en bambara)
Tùmo : classe d'âge (toumo), garçons circoncis la même année
Ugùrù : plantes pour fumigations des lieux (Ougourou)
wagèn : lieu de sacrifice pour les âmes des ancêtres
Yà birù : femme réservée par la famille, pour qui on travaille (ya birou)
Yà kedjù : femme divorcée et remariée (ya kedjou)
Yà silè : femme choisie, femme aimée
Yalù : lieu, place (en général) (yalou)
Yànapey : vieille femme, grand-mère (yanapèy)
Yapanù ginù : maison des femmes menstruées
Yogo : demain
Yurugù : renard pâle, divinateur traditionnel (yourougou)
Yurugù lébé : petit autel lébé
Youyou : cri poussé par les femmes (mot africain)

Salutations

— *Aga poo, u sewo ?* (Bonjour, comment allez-vous ?)
— *Sewo !* (Je vais bien !)
— *Goju uwo sewo ?* (Comment va votre santé ?)
— *Sewo !* (ça va bien !)
— *Ginu sewo ?* (Comment va la famille ?)
— *Puu sewon !* (Tous vont très bien !)
— … (…)

Travaux cités

Aucune source spécifiée dans le document actif.

Bibliographie

Marcel Griaule :
1966, *Dieu d'eau*, éditions Fayard ;

Geneviève Calame-Griaule :
1968, *Dictionnaire dogon*, Librairie C. Klincksiek ;
1987, *Des cauris au marché ;* Mémoire de la Société des Africanistes ;
1996, *Valeurs symboliques de l'alimentation chez les Dogons,* Journal de la Société des Africanistes ;

Geneviève Calame-Griaule et Germaine Dieterlen :
1960, *L'alimentation dogon,* Cahiers d'études africaines ;
1993, *Le renard pâle. Le mythe cosmique. La création du Monde,* Institut d'ethnologie ;

Germaine Dieterlen :
1952, *Classification des végétaux chez les Dogons,* Journal de la Société des Africanistes ;

Jacky Bouju (Direction d'un ouvrage collectif) :
1998, *Les Dogons, le pouvoir et la chefferie,* Centre de ressources documentaires ;

Colette Laussac :
1996, *La falaise qui chante,* éditions Seghers ;

Patrick Kersale – Zakari Saye :
2001, *Parole d'ancêtre dogon,* éditions Anako ;

Eric Jolly :
2004, *Boire avec esprit,* Société d'ethnologie, Nanterre ;

Ministère de l'Éducation du Mali, Académie de Mopti :
2000, *Lexique dogon-français* (Unité *dogon*).

Imprimé en Allemagne
Achevé d'imprimer en mars 2022
Dépôt légal : mars 2022

Pour

Le Lys Bleu Éditions
40, rue du Louvre
75001 Paris